Otto H. von Gemmingen

Der deutsche Hausvater

Für die deutsche Schaubühne zu München

Otto H. von Gemmingen

Der deutsche Hausvater
Für die deutsche Schaubühne zu München

ISBN/EAN: 9783743486270

Hergestellt in Europa, USA, Kanada, Australien, Japan

Cover: Foto ©Andreas Hilbeck / pixelio.de

Weitere Bücher finden Sie auf **www.hansebooks.com**

Der teutsche Hausvater.

Für die teutsche Schaubühne zu München.

1 7 8 0.
Bey Johann Baptist Strobl.

Dem

biedren teutschgesinnten Mann

Theodor Graf Topor Morawizky

Oberlandes-Regierungspräsident.

Euer Excellenz wiedme ich dieß Schauspiel, aus Erkenntlichkeit, denn bey Ihnen holte ich das Ideal eines rechtschaffnen Mannes; und dann aus Stolz um öffentlich der Welt sagen zu können, daß ich Ihre Verdienste erkenne, und mit der aufrichtigsten Empfindung sey

Ihr

Verehrer
Otto Freyherr
v. Gemmingen.

Personen.

Graf Wodmar, der Hausvater.
Karl, } seine Söhne.
Ferdinand,
Graf Monheim, sein Schwiegersohn.
Fritz, Monheims Sohn, ein sechsjähriger Knabe.
Baron von Dromer.
Gutmann, ein Mahler.
Ein Verwalter.
Ein Bauer.
Gräfinn Amaldi.
Sophie, Monheims Gattinn, Tochter des Hausvaters.
Lottchen, Gutmanns Tochter.
Anne, die alte Wärterinn.
Amaldis Kammerjungfer.
Bediente.

Der Ort der Handlung ist München.

Der teutsche Hausvater.

Erster Aufzug.

I. Scene.

Zimmer der Sophie.
Es steht vor dem Sopha ein kleiner Arbeitstisch, auf demselben ein Buch.

I. Auftritt.

Herr von Dromer tritt auf, ein Bedienter geht ihm vor, und in das Nebenzimmer. Er nimmt eben das Buch in die Hand, als Graf Karl hereinkömmt.

Karl. Guten Morgen Dromer.

Dromer. Unterthäniger Diener Graf Karl.

Karl. Ist meine Schwester noch nicht herausgekommen?

Dromer. Daß ich nicht wüßte. Ich komme zwar erst — —

Bedienter. Die Gräfinn endigt ihren Anzug, wird gleich da seyn. (Geht ab.)

Karl hat sich auf das Sopha geworfen.

Dromer. Sie sind übler Laune, Graf.

Karl. Das Wetter — —

Dromer. Oder wieder — — —

Karl. Was sie wollen, wie sie wollen — — Auch denke ich, es ist beßer, ich erwarte meine Schwester nicht: seyn sie so gut ihr zu sagen, daß ich da war um ihr einen guten Morgen zu wünschen.

Dromer. Ich habe sie doch nicht beleidigt? Ihr beßter Freund — — —

Karl. Mein Gott! im geringsten nicht. Aber ich denke, man müße andren mit seiner üblen Laune nicht beschwerlich fallen.

Dromer. O bleiben sie doch, erwarten sie ihre liebenswürdige Schwester, es kommen noch mehrere Damen zum Besuch, das wird sie aufheitern.

Karl. Dromer laßen sie mich mit den Weibern ungeplagt. Ich haße sie alle, sie machen aus den herrlichsten Gottesgeschöpfen, aus uns Männern, ein Ding, das sie mit der Puppe verwechseln. Hemmen einen jeden von uns in seinem ersten beßten Lauf.

Er will gehen, kommt aber von der Thüre zurück.

Haben sie mein Bürgermädchen nicht gesh'n?

Dro-

Dromer. Ja sie geht alle Tage bey mir vorbey in die Kirche.

Karl. Sieht das Mädchen traurig aus?

Dromer. Wie sie wissen immer in stiller Bescheidenheit; kann auch wohl ein Mädchen das ein Graf Karl —

Karl. Lieber Mann, sie sind wieder mit einem Kompliment unterwegs: mir zur Liebe, ersticken sie es in der Geburt. — Niedergeschlagen sieht sie also aus? Armes Mädchen!

Dromer. Seh'n sie sie denn nicht täglich?

Karl. Nein schon seit einer ganzen Woche —

II. Auftritt.

Sophie ist unterdeßen mit ihrem sechsjährigen Sohn Fritz hereingekommen, sie hält einen Brief.
Dromer küßt ihr emsig die
Hand.

Karl. Guten Morgen Schwester.

Sophie. Willkommen. Lieber Herr von Dromer, wollen sie mir wohl die Gefälligkeit erweisen, und den Brief meinem Mann hinaufbringen; er ist erst gekommen.

Dromer. Es wird mir eine große Gnade geschehn.

(Eilends ab.)

Sophie.

Sophie. Es ist doch ein guter Narr.

Karl. Bis auf das langweilige Komplimenten machen.

Sophie. Willst du mit mir frühstücken?

Karl. Meinetwegen.

Sophie zum Fritz. Geh mein Kind, sag, man soll das Frühstück hieher bringen, und bleib dann oben beym Hofmeister.

Fritz. Gut Mama.

Harmloß will das Kind wegspringen, als Sophie ruft.

Fritz, wohin, kein Kompliment.

Fritz macht eine tiefe Verbeugung, dann geht er.

Sophie. So recht.

Karl. Ich habe geh'n wollen; aber du weißt Schwester, daß ich dich zu lieb habe, um von dir weg zu können, wenn ich bey dir bin.

Man bringt das Frühstück. (er setzt sich.)

Sophie. Karl!

Karl. Was willst du?

Sophie. Sprachst du nicht eben wieder von deinem Bürgermädchen mit Dromern, und versprachst mir doch — — —

Karl. Sie nicht mehr zu seh'n, und das that ich auch, denn seit acht Tagen sah ich das Mädchen mit keinem Blick.

Sophie. Versprachst auch sie zu vergessen.

Karl. Da habe ich eine Narrheit begangen, versprochen, was ich nicht halten konnte; nicht halten mochte. Wie du mir mit den lebhaftesten Farben vorhieltest, das Verderben, in das ich durch solch eine ungleiche Verbindung rennen würde, die Erniedrigung, den Spott der ganzen Welt mahltest; mich fühlen liessest, wie aller weitrer Weg der Ehre des Ruhms für mich verschlossen seyn würde. Mich erinnertest an den Unwillen, die Betrübniß unsers liebsten Vaters, wenn er von seiner Reise zurück käme — — — was hätte ich da nicht versprochen? — — Nun habe ich gehalten, was ich konnte.

Sophie. Folgtest du auch meinem Vorschlag, hast du dich zu zerstreuen gesucht?

Karl. Habe es versucht; zusammengesucht, alles was je Reize für mich hatte — — — und es war alles nichts. Habe mich an meine Arbeiten gesetzt, aber ich konnte nicht. Wollte dichten, meine Gefühle niederschreiben, ihnen dadurch Luft machen, — aber wer könnte Licht in das Chaos bringen?

Sophie. Giengst nicht auf das Land, zum Genuß wohlthätiger Natur?

Karl. Doch Schwester, ich versucht's; der Abend war heiter, und da setzt ich mich am Ufer der Iser; aber der Strom fließt so schnell, das giebt Un-

Unruhe, und war Bild, wie meiner Lotten Thränen vielleicht floßen. Nun setzt ich mich abwärts unter einem Baum, zog meinen trauten Freund Homer aus der Tasche — — aber das nämliche Herz, das für Homer fühlbar ist, ist es auch für mein Mädchen.

Sophie. Gänzliche Abspannung unsrer Sinne hilft oft am beßten.

Karl. Dacht's auch. Gieng tiefer im Busch hinein, legte mich an eine kleine Quelle im Wald; durch eine kleine Oeffnung sah ich die Sonne untergeh'n, sie verbarg sich hinter den Frauenthürmen, die Natur ward stiller, ein Vogel nach dem andren sang seinen lezten Abendgesang — und nun alles still, die Abendglocke schallte herüber, mein Herz war so voll, mir so weh, und so wohl, und nun alles still, bis auf den kleinen rießlenden Bach — — aber ach, da hörte ich die Nachtigal, sonst himmlische Melodie für mich; heute waren es Klagetöne, wimmern um den Gatten — — und nun konnt' ich es nicht mehr ertragen — und rannte nach Hause, warf mich auf mein Bette, und quälte mich die lange lange Nacht ab; sagte mir tausendmal bey jedem Perpendikelschlag meiner Uhr, morgen willst du wieder in ihre Arme, was ist ein Leben dieser Art? Und siehst du, es ward Tag — ist izt bald Mittag, und ich war noch nicht dort.

Sophie.

Sophie. Ich wußte wohl, daß ich auf dein Wort zählen durfte; aber was soll mir alles dieses, so lang ich dich in dieser Unruhe weiß? Versuchtest du nicht in die Gesellschaften zu geh'n?

Karl. Was soll ich da?

Sophie. Dort Zerstreuung suchen; seh'n, ob du nicht unter allen den weiblichen Geschöpfen eine findest — — —

Karl. Zweifle nicht, daß in all denen durch eure Moden verstellten Körpern hie und da noch eine gute Seele seye. Aber weg mit den Weibern; kann man einen von Bienen gestochnen Knaben zumuthen, daß er wieder zum Korb gehe? — — — Und dann der ewige Taumel, in den man seyn muß, um mit euch zu leben. Um bey euch artig zu heißen, muß man beynahe seiner fast ganz entsagen, denn der Unangesehnste will man doch dort nicht seyn, wo man ist. Tage lang von Hause zu Hause mit euch herumfahren; mit jedermann sprechen müßen, und niemand nichts zu sagen haben. — Wer das kann, der thue es, ich nicht.

Sophie. Auch rieth ich es dir nur als Zerstreuung, um deine übrigen Gedanken zu vertreiben.

Karl. Schwester, offenbar ist jene Lebensart nichts; und willst vertreiben mit einem Nichts, so etwas wesentliches als Liebe, wahre, innige Liebe ist?

Eine

Eine einzige Person, deren Umgang ich noch ertragen kann, ist der Gräfinn Amaldi: das ist eine große mächtige Seele; es thut einem wohl, sich mit ihr zu meßen. Coquet zwar, wie ihr alle seyd.

Sophie. Die nämliche, bey der mein Mann täglich ist, die — — —

Karl. Die nämliche. Doch bey Gott — du wirst doch nicht deines Mannes wegen eifersüchtig seyn?

Sophie. Das nicht; aber — — —

Karl. Aber — das heißt in der Weibersprache für den nämlichen Sinn ein andres Wort suchen. Nur eine Frage, liebst du deinen Mann?

Sophie. Ich kenne nicht, was schwärmerische Liebe ist, überhaupt liebt man wohl den, der nur unser Mann wird, weil es der Familie anständig war?

Karl. Liebst ihn also nicht, und bist doch eifersüchtig? Wahrhaftig ihr Weiber könntet einen haßen, und ihn doch bey niemand andren haben wollen.

Sophie. Auch bey der größten Gleichgültigkeit sieht man sich doch nicht gerne des seinigen beraubt, und dann durch eine Frau, die durch unermeßlichen Stolz über alle andre Weiber herrschen will, uns für Kreaturen ansieht, die nicht würdig sind mit ihr in einer Classe zu steh'n, und doch klein genug ist zu
frolo-

frolocken über den schwachen Sieg hier und dort einen Mann zu feßeln, als wenn da mehr, als nur ein etwas erträgliches Gesicht und gemeiner Weibersinn dazu gehörte. Aber, wo bist du mit deinen Gedanken?

Karl. Der die ganze Zeit über zerstreut war. Da, wo du mich nicht haben willst, ich selbst nicht seyn möchte, und doch so immer bin.

Sophie. Aber, wo bleibt bey allen dem der Mann, die Festigkeit, die Geisteskraft, welche du immer so beredt im Munde führst: was soll das Weib thun, wenn das euch Männern geziemt, die ihr doch so gerne eine Art von halb Götter scheinen möchtet.

Karl. Schwester du berührst eine Sayte, eine Sayte — — — — Ich fühle Verstimmung; aber auch in meinem Entschluß etwas, das nicht seyn sollte, das ich anderst wünschte. Sey es drum, daß ich das Mädchen laßen soll, nicht knüpfen soll die Bande, welche ich ihr träumen ließ: muß ich deßwegen wie ein Meyneidiger sie stillschweigend verlaßen? Ist es auch die Handlung eines Mannes, daß er wie ein Knabe flieh für das, was er melden soll?

Sophie. Und so sey dann wieder die Vernunft der Deckmantel der Leidenschaft.

Karl. Nicht so Schwester; ich überlaße dir selbst die Entscheidung. Ist's nicht Unmenschlichkeit das

Mäd-

Mädchen, das mich so ganz liebt, so ganz an mir hängt; voll Zuversicht auf meine Worte, sich schon die Gattinn ihres Liebhabers träumte; eingewiegt in diesem Traum, so weit gieng, daß sie bald Mutter werden wird — — —

Sophie. Armes Mädchen! — — — Männer, Männer was seyd ihr vor Geschöpfe!

Karl. Sag es aus, sage, daß sie Bösewichte sind, nenne mich auch so — aber dann laß mich murren über den Streit zwischen unsren Leidenschaften und Conventionen — — Sag nun selbst, ob es nicht Unmenschlichkeit wäre, das Mädchen so stillschweigend zu verlassen.

Sophie. Alles wahr — — — aber wo wirst du Kräfte hernehmen können? Du wirst sie wieder seh'n, sie wird dich an dein Versprechen erinnern, und dann —

Karl. Werde ich sie bis auf die Wiederkunft meines Vaters vertrösten, wenn der aber kömmt, dieß grausame Opfer meiner Ehre bringen, ihr die Unmöglichkeit unsres Vorhabens vorstellen, und sie auf das beßte versorgen.

Sophie. Welcher Abstand zwischen Vorhaben und Vollbringen — —

III. Auftritt.

Graf Monheim, Sophiens Mann, kömmt mit Hrn. von Dronern herein, hat einen Brief in der Hand.

Gr. Monheim zu Sophie. Ihr Vater wird in weniger als einer Stunde da seyn.

Karl. Mein Vater: o ihm entgegen dem beßten Vater.

(Eilends ab.)

Sophie. Freude; unser Vater, wird nach so langer Zeit — —

Monheim. Er hat sie zwar überfallen wollen; da es aber billig ist, daß man ihm in seinem Hause gut empfange, habe ich es ihnen voraus zu sagen gut gefunden.

Sophie. Gleich werde ich die Bestellungen machen. (Ab.)

Monheim. Ja, — dazu ist sie zu gebrauchen, als Haushälterinn höchstens; zu sonst nichts.

Dromer. Verzeihen Euer Excellenz, es ist die liebenswürdigste Dame.

Monheim. Es ist mir lieb für sie, wenn sie sie so finden; mir ist es das langweiligste abgeschmackteste Geschöpf.

Dromer. Doch eine sehr empfindsame Seele.

Monheim. Ja so äußerst empfindsam, daß ich für sie gar nichts mehr empfinde.

Dromer. Freylich etwas übertrieben; aber wer kann auch gegen den durchdringenden weit umfaßenden Verstand von Euer Excellenz bestehen.

Monheim. Gehorsamer Diener, gehorsamer Diener: ich bin gern tolerant, gern tolerant, — wenn man nur gesunden Menschenverstand hat.

Dromer. Als alter Freund vom Hause und devotester Diener von Euer Excellenz, wollte ich doch unterthänig sagen, wie ich gewiß weis, daß die Frau Gräfinn, einige Eifersucht über die Gräfinn Amaldi haben, deßwegen wollte ich rathen, daß sie gegen die Gräfinn einige Rücksichten hätten.

Monheim. Rücksichten? — was für Rücksichten? Amaldi ist eine große, treffliche Dame, und sie ist ein albernes Ding, das höchstens etwas deutsche Romanenlecture hat, sich in der Welt nicht zu präsentiren weis, und mir Langeweil macht. Das ist genug. — Sie hat nicht einmal den Verstand einen Liebhaber zu haben.

Dromer. Das ist denn doch sonst ein ziemlich gewöhnlicher Verstand.

Monheim. Und wenn ich vollends von einer Gräfinn Amaldi zurückkomme, der Königinn unter den Weibern, und dann von ungefähr meine langweilige Frau begegne, die mit dem Mond in Conversation ist, oder so etwas ähnliches treibt; da möcht' ich gleich. — — —

Dromer. Zur großen Welt ist die Gräfinn freylich nicht sehr geneigt.

Monheim. Auch kann ich eigentlich kein Haus halten, wie es einem Mann meines Standes geziemte. Kurz das beßte Mittel, ich raume ihr ein Landhaus ein, und sondre mich so ganz nach und nach von ihr ab.

Dromer. Ey, ey, wenn nun aber der Vater kömmt.

Monheim. Eben der muß mir zum Vorhaben helfen. — Ich möchte rasend werden, wenn ich denke, daß ich vielleicht itzt der Gemahl der Gräfinn Amaldi werden könnte, eine der reichsten und vornehmsten Wittwen. — — Denn unter uns ihre Neigung zu mir, ist mir gar nicht zweifelhaft.

Dromer. Wo so eine Uebereinstimmung des Geists, und der Seele ist — — —

Sophie kömmt herein. Alles habe ich besorgt.

Monheim. Auch bestellt, daß wir heute im großen Saal eßen müßen, daß die Livree in Gala erscheinen muß.

Sophie. Das nicht.

Monheim. Warum aber nicht?

Sophie. Weil ich glaubte, dem Vater würde die Freude seiner Kinder die beßte Gala seyn.

Monheim. Nicht einmal zur Haushälterinn in einem bürgerlichen Hause wäre sie nutz. Baron gehen sie mit mir. (Ab.)

Dromer. Wenn Euer Gnaden erlauben; ich bin ohnedem um diese Stunde herum zur Gräfinn Ainaldt bestellt, sie will, glaube ich, ausfahren.

Sophie. O ja, geh'n sie nur.

Dromer. Uebrigens können sie nicht glauben, was ich für eine Freude über die Ankunft ihres Hrn. Vater habe.

Sophie. Ich danke ihnen dafür. — Kennen sie ihn.

Dromer. Ob ich ihn kenne? es ist mein beßter Freund.

Sophie. Das wäre! wo haben sie ihn denn geseh'n.

Dromer. Vor sechs Jahren habe ich einmal mit ihm zu Wien zu Mittag gegeßen, und da haben wir gar viel von hier gesprochen.

Sophie. Ja so!

Dromer. Noch eins, Gräfinn, aus bloßer Freundschaft, geben sie auf ihren Gemahl Achtung, er spricht von Entfernung, von Scheidung. Aber, wirklich ich muß fort. Unterthänigster Diener; ich hoffe, sie werden meine Freundschaft nicht verkennen.

Sophie. Ich wüßte nicht, womit ich ihn beleidigt hätte.

Dromer. Nun, wenn man, wie der Herr Graf, verliebt ist. (Ab.)

Sophie. Dromer — —

IV. Auftritt.

Ferdinand Sophiens zweyten Bruder, der Offizier kömmt herein.

Guten Abend Schwesterchen.

Sophie. Guten Abend. Du siehst ja ganz erhitzt aus.

Ferdinand. Ja das verdammte Exerciren den ganzen Tag. Komm eben erst davon her: und dann habe ich die ganze Nacht nicht geschlaffen.

Sophie. Wieder herum geschwärmt.

Ferdinand. Du weißt, es war bis 2 Uhr Vaux-hall, und hernach bin ich in eine Spielgesellschaft gerathen, auch schläfert's mich ganz gewaltig.

Sophie. Du wirst dich noch ganz um deine Gesundheit bringen.

Ferdinand. Mit der Gesundheit hat es kein Noth; aber desto mehr mit dem Geld. — Schwesterchen, kannst mir keines lehnen?

Sophie. Gestern gab ich dir ja noch mein ganzes Monatgeld, wo ist denn das schon wieder hin?

Ferdinand. Frau Schwester, alles verspielt, die verfluchte Karodame, ich sez sie noch.

Ein Bedienter. Die Gräfinn Amaldi.

(Ab.)

V.

V. Auftritt.

Gr. Amaldi geführt von Dromern.

Gr. Amaldi. Tres humble Servante, ma chere Amie.

Sophie geht ihr entgegen, sie umarmen sich Ferdinand macht eine tiefe Verneigung, dann geht er auf Dromer zu, der die Gräfinn herauf geführt hatte.

Sophie. Setzen sie sich Gräfinn. Was für einen Zufall kann ich die Ehre ihres Besuchs zuschreiben?

Gr. Amaldi. Wirklich man muß es mir nicht übel nehmen, wenn ich nicht oft ausgehe. aber ich bin beständig nicht recht wohl, und dann fange ich an bequem zu werden: habe immer viele Gesellschaften.

Sophie. Niemand kennt mehr den Werth des Hauslebens als ich. — Wollen sich die Herren nicht setzen?

Gr. Amaldi zu Ferdinand. — Graf Ferdinand haben sie vorige Nacht viel getanzt?

Ferdinand. Ganz entsetzlich; wohl acht Kontretänze glaube ich ohne Aufhören.

Dromer. Auch ist ohne Schmeicheley der Herr Graf einer unser beßten Tänzer.

Amaldi. Immer weis der Baron jedermann doch was Gallantes zu sagen.

Sophie. Ja ich glaube vom Schweitzer an der Thüre, bis zum Hausherrn.

Dromer. Gar zu gnädig.

Ferdinand. Hör Baron, ich glaube du haſt gleich am erſten Geburtstag deiner Mutter ſchon ein unterthäniges Kompliment gemacht für die Mühe, die ſie gehabt hat.

Alle lachen.

Amaldi. Wo iſt der Graf Karl?

Ferdinand. Mein gelehrter Bruder? ja Gräfinn, ich weis wahrhaftig nicht, er nimmt Dromer bey Seite.

Sophie zu Amaldi. Wie ich glaube unſerm Vater entgegen.

Amaldi. Wie? ſoll der würdige Mann heute noch kommen?

Sophie. In weniger als einer Stunde.

Amaldi. Da will ich ſie von dem angenehmen Geſchäft nicht länger abhalten; nur erlauben ſie mir, daß ich ihnen mit meiner gewöhnlichen Offenherzigkeit etwas ſage.

Sophie. Ich bin bereit zu hören.

Amaldi. Dromer hat mir geſagt, daß ſie nicht gerne ſähen, daß ihr Mann in mein Haus komme.

Sophie. Der Schwätzer, was — — —

Amaldi. Still Madame, geben ſie ſich mit ihm nicht ab. Wenn ich ihren Mann gelitten habe, so war es, weil ich mir eine Freude daraus mache, mehrere Männer um mich herum zu haben, um mit Vergnügen zu seh'n, wie wir Weiber, das schwache Männer-Volk nach Belieben leiten können. Nun aber — — — doch ich glaube, Dromer beobachtet uns, gehen wir in ihr Kabinett.

Sophie laut, in dem sie aufsteh'n. Wollen sie meine Arbeiten seh'n?

(Gehen ab.)

Dromer und Ferdinand setzen ihren Unterhalt fort.

Ferdinand. Die verfluchte Karodame; und so gieng's, daß ich alles verspielte.

Dromer. Ich nehme außerordentlichen Antheil daran, befehl nur, was ich dir als Freund erweisen kann?

Ferdinand. Ja — Geld lehnen.

Dromer betroffen. Geld — Geld — — ja wo soll ich zu Geld kommen?

Ferdinand. Ja — da hat's der Teufel; wenn man mehr als Worte von euch Leuten haben will — —

VI. Auftritt.
Karl kommt herein.

Wo ist meine Schwester?

Dro-

Dromer. Mit der Gräfinn Amaldi im Kabinett.

Ferdinand. Eben recht Bruder, daß du kömmst, ich brauche Geld.

Karl. Das glaube ich.

Ferdinand. Habe aber keines.

Karl. Schlimm.

Ferdinand. Hast du auch kein's?

Karl. Für dich wenigstens nicht: was ich die geben kann, ist der gute Rath, daß du doch einmal in deinem Leben vernünftig werden möchtest.

Ferdinand. Auf was für einer Caſſe holt man die Münze?

Ein Bedienter. Der Regimentsadjutant will mit dem Graf Ferdinand sprechen.

Ferdinand. Hat den der Teufel schon wieder da. Er möcht nur hier herein kommen.

VII. Auftritt.

Unterdeßen, daß der Adjutant mit Ferdinand spricht.

Karl. Ich habe meinem Vater entgegen gewollt; aber beßer überlegt, will ich vorher noch mit meiner Schwester reden.

Dromer. Ich glaube die Visite wird nicht lange dauern. Ich finde überhaupt sonderbar, warum Gräfinn Amaldi mag hergekommen seyn?

Karl. Was geht das uns an? Aber was mein liederlicher Bruder dort wieder haben mag.

Dromer. Er hat von mir auch Geld haben wollen, habe ihm aber gewiß keines gegeben, denn — — —

(Er spricht ihm leiser in's Ohr.)

Ferdinand zum Adjutant. Aber, was Teufels, warum soll ich denn in Arrest?

Adjutant. Das wird ihnen der Oberst schon sagen; seyn sie nur so gut zu kommen.

Ferdinand. Gleich, gleich. Adieu meine Herren, ich muß nur geschwind wohin geh'n.

Karl. Weißt du denn auch, daß unser Vater gleich hier seyn wird.

Ferdinand freudig. Unser Vater?

Zum Adjutant beyseite. Ja Herr Adjutant, da kann ich nicht mitgeh'n; nur bis morgen, dann will ich gern in Arrest.

Adjutant. Herr Hauptmann, sie wissen, ich habe meine Ordre.

Ferdinand. Sie haben recht. Ich will den Oberst selbst bitten.

(Sie gehen ab.)

VIII.

VIII. Auftritt.

Auf der andern Seite kömmt Monheim.

Monheim. Ist es wahr, daß Gräfinn Amaldi bey meiner Frau ist? *beyseite zu Dromer.*

Dromer. Ja Herr Graf.

Monheim. Was macht sie hier?

Dromer. Ich weiß nicht, aber es kam mir vor, als wäre von Ihnen die Rede.

Monheim. Von mir?

Indem kömmt Amaldi heraus, um zu geh'n, alle verneigen sich. Monheim will ihr den Arm geben, aber

Gr. Amaldi. Verzeihen sie. Graf Karl, wollen sie mich wohl hinunter führen?

Karl eilt hinzu, sie gehen.

Monheim. *Nachdem er erstaunt da gestanden. Zu Dromer,* sie haben ganz recht. *Dann mit heftiger Geberde zu Sophie.* Das haben sie gethan Madame, aber nicht umsonst.

(Ab.) Indem er den Dromer mitnimmt.

Sophie bleibt ganz erstaunt stehen.

Ein Bedienter. Der alte Herr kömmt.

Sophie stürzt zum Zimmer hinaus.

II.

II. Scene.

Die Schaubühne ändert sich zur Wohnung des Mahlers, man sieht dem Ganzen die Dürftigkeit des Besitzers an. Es stehen verschiedne Kunstwerke und Mahlereyen herum. In der Mitte eine Staffeley, auf welcher ein Gemählde ist.

I. Auftritt.

Der Mahler sitzt daran. Lottchen sitzt an der andren Seite an einem Spinnrad, und singt ein Lied, wie das aus ist.

Mahler. Dank dir meine Tochter für dein Lied, es war treflich.

Lottchen. Weiß wohl Vater, daß es Ihr Lieblingslied ist, drum hab ich's auch gesungen.

Mahler. Gutes Mädchen, und wenn du wüßtest, wie sich dabey so gut mahlen läßt, wie jedes Gefühl der Seele in Bewegung gesezt wird, und wie in dieser Lage, die Farben auf der Leinwand hinschmelzen, und wie ich mich auch dann, Troz allem, so innig vergnügt, so selig glaube.

Lottchen. Gott sey Dank, daß sie doch einmal vergnügt sind.

Mahler. O mein Kind, hier an der Staffeley, das große Gefühl der Kunst in meiner Seele der Gedanke der Natur, und hier in der Hand die Far-

Farben, mit denen ich's wieder geben kann, was ich so mächtig fühle; glaube mir, bey einem Trunk kühlen Wassers und einem Stück Brod, wär ich unter Gottesgeschöpfen, sein dankbarstes und sein glücklichstes; wüßt ich dich auch glücklich.

    Lottchen springt auf, fällt ihn um den Hals.

Lottchen. Als wenn ich's nicht wäre, wenn ich so bey ihnen bin, liebster Vater.

Mahler. Liebes gutes Kind, aber wenn ich dich dürftig leben seh, sehe, daß mit genauer Noth du mit deiner Arbeit mich, nicht ich dich ernähre; sehe, daß andre von meinem Stand schöne Kleider, und alles geben, was euch Mädchen freuen kann, ihnen Reichthum verschaffen.

Lottchen. Ist das ihre Schuld Vater, arbeiten sie nicht Tag und Nacht? Können sie davor, wann niemand ihre Arbeit bezahlt.

Mahler. Ja ich kann davor Lottchen, ich hätte ein Handwerk lernen sollen, ich hätte nicht folgen sollen dem Ruf der Kunst, den ich so mächtig in meiner Seele zu fühlen glaubte.

Lottchen. Sagen sie mir nicht oft Vater, daß es im Menschen eine Stimme der Gottheit gebe, und daß man folgen müsse dem Beruf, den man fühle.

Mahler. Weil ich es aber that, seh ich dich dürftiger, als andre.

Lottchen. Und doch vielleicht glücklicher; gewiß Vater, sie werden mich so glücklich — so glücklich sehen.

II. Auftritt.

Anne, die alte Wärterinn kömmt herein.

Anne. Lottchen, da bring ich etwas Zugemüß, und Brod, aber (zum Mahler) sie sagen, es wäre das leztemal, daß sie was borgen wollten; und bey Gott, ich weis nicht, wo ich euch morgen etwas hernehmen soll.

Mahler. Entsezlich; hast du ihnen dann nicht gesagt, daß ich hier vor mehr als viele tausend Gulden Arbeit hätte.

Anne. Ja was geht das dein Kaufmann an; und kann man denn Geld für eure Sachen kriegen, hab ich's nicht die ganze Stadt herumgeschleppt; mein Mann, Gott hab ihn selig, war ein Tüncher, und wenn er nichts anzustreichen hatte, hat er auch gemahlt, so Bilder von der gnädigsten Herrschaft, und heilige Schutzpatronen, das ist reisend abgegangen; wir hatten immer vollauf zu leben; wenn nur unser Herr Gott ihn nicht so früh genommen hätte, er sollt's euch noch lehren, wie er's gemacht hat.

Mahler lächlend. Gutes Weib!

Lott-

Lottchen. Da hab ich ja Arbeit, die könnt ich verkaufen.

Mahler. Noch nicht Herzenskind, ich will zu einem Herrn geh'n, der mir leztens aus Windbeuteley Gemählde abgekauft hat, und nun kann ich vom reichen Prasser kein Geld bekommen, ich will's nochmal versuchen.

(Geht ab.)

Anne. Nu wie ist's Lottchen? war der Graf noch nicht da?

Lottchen. Seit acht Tagen hab ich ihn mit keinem Auge gesehen, mich so allein zu lassen! da er weis, in was für einem Zustand ich bin, da er mir so heilig versprochen hat, daß wir dieser Tagen unsre Bekanntschaft meinem Vater sagen wollten, und vor dem heiligen Altar ewige Bande uns knüpfen sollten, sobald sein Vater käme.

Anne. Aber liebes Lottchen, wie sie auch sind, sie wissen ja, daß er seinem Vater entgegen gegangen ist, daß er dieser Tagen ankommen sollte, und daß auf dessen Ankunft ihre Heurath beruht.

Lottchen. Weiß das alles liebe Anne, weiß all's, und doch bin ich so unruhig; ich liebe meinen Karl so von ganzer Seele, würde ihm alles anvertrauen, glaube so fest an seine Ehrlichkeit, und fürchte doch so sehr;

Anne.

Anne. Seynd sie nur ruhig, das sind Folgen von ihrem Zustande.

Lottchen. Sag Anne, es sind Folgen des Gewissens, das sich schuldig weis, das sich hat einschläfern lassen; Vorwürfe, daß die Tochter etwas ohne Wissen ihres beßten Vaters thun konnte; sag — — ach ich wollte, du hättest mir bey der Bekanntschaft nicht geholfen.

Anne. So ist's, wenn man sich in solche Sachen einläßt, zulezt hab ich den Teufelsdank davon, meine Gevatterinn die hat recht, sie sagt immer, man soll sich in die Händel nicht mischen; und hernach bin ich denn Schuld, daß der Graf bey ihrem Vater zeichnen lernte? daß er da täglich bey euch war? und daß ihr Bekanntschaft miteinander gemacht habt. Ich war nur die Briefträgerinn, euer Vater hätte auf euch Acht haben sollen.

Lottchen. Ach liebe Anne seyd nicht böse, ich meint es nicht so; und mein Vater, er hatte zuviel Zutrauen, glaubte, — O ihr hättet vorhin sehen sollen, wie ich um seinem Halse hieng, wie er mich so lieb hatte, ich hätte es ihm so gern sagen mögen, aber ich konnte nicht.

Anne. Geben sie sich nur zur Ruhe; worüber aber dann auch all der Lerm jezund?

Lott.

Lottchen. Ich weis nicht, ich weis nicht gute Alte; Aber ich fühle eine Unruhe; jedermann spricht von der Bekanntschaft meines Karls mit einer Gräfinn Amaldi — das ist nichts, kann nichts seyn, — weis es, und bin doch unruhig. Ich habe sie gestern in der Meße begegnet. Sie sahe mich an, und wie ich ihren Blicke begegnete, verzeih mir's lieber Gott, aber da war's um meine Andacht gethan. — — Anne, wenn Karl, wenn er ungetreu werden könnte!

Anne. Wird er doch nicht. Aber womit kann ich sie beruhigen? was soll, was kann ich thun?

Lottchen. Willst du liebe Alte, willst du ihm diesen Brief geben? — Such ihn auf, sag ihm, er sey mit Thränen geschrieben, sag ihm, wenn er zu seiner Geliebten nicht kommen wollte, so möchte er kommen zur Mutter seines Kindes. Willst du Liebe?

Anne gerührt. Gleich liebes theuers Lottchen gleich.

Lottchen. So geh, Liebe, ich will unterdessen dem Vater das Abendessen bereiten.

(Beyde geh'n ab.)

Zweyter Akt.

I. Scene.

Zimmer des Hausvaters.

I. Auftritt.

Der Hausvater sitzt an einem Tisch, neben ihm rechts Sophie, links Karl, neben Sophie Ferdinand; neben Karl der Hr. Gr. von Monheim. Am Ek sitzt auch das Kind in etwas steifer Gebährde. Sie frühstücken.

Hausvater. Treflich habe ich heute wieder einmal geschlafen, und mir ist so innig wohl mich nach so langer Zeit, wieder im Schoß meiner Familie zu sehen. O meine Kinder, es giebt viele Leiden in dieser Welt; aber wo ist das Elend, das aufwiegen könnte, das Vergnügen eines Hausvaters im Zirkel seiner Kinder?

Gr. Monheim. Ich wünsche nur Herr Schwiegervater, daß sie alles in ihrem Hause in Ordnung gefunden.

Hausvater. Ich habe meine Kinder gefunden, und muß gesteh'n, daß ich auf sonst nichts gedacht habe: wie oft wünschte ich mir mit meiner Frau, Gott hab sie selig, einst so im Kreise unsrer Kinder und Kindeskinder ein glückliches Alter zu genießen:

nießen: es hat nicht seyn sollen. Sie, Herr Schwiegersohn, haben sie, glaube ich, nicht mehr gekannt?

Gr. Monheim. Nein ich kam nach ihren Tod erst her.

Hausvater. Es war ein trefliches Weib, so

zu Karln

wie ich dir einst einmal eine wünsche. Statt Flitterwesen des Geistes und Weiber Gelehrsamkeit, ein guter, ächter, gesunder Menschenverstand. Feine Gefühle, aber ungekünstelte, so, wie sie die Natur dem Weibe gemeiniglich zu geben pflegt. Immer sauber und zierlich gekleidet, selbst in dem innersten ihres Hauswesens, doch ohne Pracht und Verschwendung. Allzeit aufgeräumt, lustig; ich hatte keinen Verdruß, der nicht in ihrer Gegenwart verschwand. Keine Modedame, die so ihren ganzen Tag am Spieltisch, und im Gesellschaftssaale verlor, sondern, was eigentlich des Weibes Bestimmung ist, eine gute, fleißige Haushälterinn: und war sie in Gesellschaft, diejenige, die alle aufmunterte.

Sophie. O daß sie noch lebte, daß sie mir lehren könnte — —

Hausvater. Wünschte es auch, doch laß uns durch den Wunsch eines größren Glücks das Gegenwärtige nicht vergessen.

❖❖ 30 ❖❖

Zu Ferdinand.

Du als künftiger teutscher Herr, darfst von den Hausfreuden nichts wissen.

Ferdinand. Ja, lieber Vater, wenigstens bin ich bey meiner künftigen Frau dem schwarzen Kreuz, sicher, daß sie nicht den Humor ändert, und daß sie mich nicht betrügt.

Hausvater. Ob deine Frau, wie du es nennst, auch sicher seyn wird, daß du sie nicht betrügst, das weis ich nicht.

Ferdinand. Wir wollen schon einig mit einander werden.

Hausvater. Aber Karl warum so ernsthaft? machen diese Reden den Stammherrn tiefsinnig.

Karl. Ich dachte eben, daß, bis man zu solchen Hausfreuden gelangt, der Weg so beschwerlich seye, und von den Meisten verfehlt werde.

Hausvater. Weil ihn die meiste verfehlen wollen, weil die meiste blinde Liebe, oder thörichten Eigennutz, nicht Vernunft als Wegweiser mitnehmen. Wenn man, wie du wirst können, frey wählen darf; einen Freund hat, der uns seine Erfahrungen mittheilt, den du an deinen Vater finden sollst, und mit ihm zu Rathe gehst, dann darf man hoffen — — —

Ein Bedienter. Der Baron von Dromer läßt dem gnädigen Herrn fragen, ob er unterthänig aufwarten dürfe, und um wie viel Uhr.

Hausvater. Wer ist der Baron von Dro=
mer?

Monheim. Ein gemeinschaftlicher Freund
vom Hause, und fast in allen Häusern wohl gelitten.

Sophie. Kennen sie ihn nicht? er sagt sie in
Wien geseh'n zu haben.

Hausvater. Kann wohl seyn, ich erinnere
mich aber nicht: doch als Freund vom Hause wird
er mir angenehm seyn.

Zum Bedienten.

Es wird mir eine Ehre seyn den Baron zu seh'n,
und Leuten meines gleichen seye ich nicht gewohnt ei=
ne Stunde zu bestimmen.

Ferdinand. Ein Komplimentenmacher der
ersten Klasse werden sie an ihn finden.

Hausvater. Das ist eine beschwerliche Ge=
wohnheit, die viele Leute angenommen haben, und
ich habe nicht selten bemerkt, daß solcher Leute We=
sen mehr in Worten als Handlungen besteht.

Monheim. Doch dünkt mir, man versäume
die Höflichkeit zu viel, und wir verlieren zuletzt gar
den Ton der großen Welt.

Karl. Ja es ist ein Unterschied zwischen Höf=
lichkeit und ewiges Komplimentenmachen.

Hausvater. Gewiß: denn man kann ein bie=
derer, gerader Mann seyn; als solcher, natürlich nur

mit

mit wenigen vertraut umgeh'n, aber es gegen niemand an Höflichkeit fehlen lassen.

Sophie. Das gienge noch an, wäre er nur nicht jedermanns Freund ——

Hausvater. Wirklich eine gefährliche Menschenart; denn natürlich unbestimmt, oder vielmehr ohne Charakter, richten sie oft mehr böses an, als die ärgste Bösewichte.

Monheim. Sie verzeihen Herr Schwiegervater, indem er aufsteht, ich muß ausgehen.

Hausvater. Auf baldiges Wiederseh'n Herr Sohn.

(Monheim ab.)

Ferdinand. Wahrhaftig ich glaube es ist Zeit, ich muß zum Oberst, bald hätte ich's vergessen.

Hausvater. Hoffentlich wirst du keines Vergnügens wegen deinen Dienst vergessen können.

Karl. Du bekommst, glaube ich, heute die Woche?

Ferdinand. Ja es ist heute an mir, aber ich thue sie nicht.

Karl. Warum?

Ferdinand. Ich will dir's schon ein andersmal sagen. Ich empfehle mich.

(Geht ab.)

Haus-

Hausvater. Ein wenig mehr gesetztes Wesen, und diese Lebhaftigkeit wird sich zu seinem Stand gut schicken.

Zu Sophie.

Aber warum sitzt denn dein Kind so still, darf sich denn das nicht rühren. Spring herum mein Kind; ich kann es nicht leiden, wenn ein Knabe von sechs Jahren schon den Philosophen spielen soll.

Sophie. Steh auf, der Großpapa erlaubt es.

Das Kind steht auf.

Geh hin, küß die Hand.

Das Kind geht hin um die Hand zu küssen: der Hausvater küßt es von Herzen.

Jetzt zeig einmal den Großpapa, wie geschickt du bist.

Das Kind. Soll ich aus der Mythologie, oder aus der Historie hersagen.

Hausvater. Bist du so gelehrt?

Sophie. Aus beyden: Wer war der Kriegsgott?

Das Kind. Mars.

Sophie. Wer war der Gott der Liebe?

Das Kind. Venus und ihr Sohn Kupido.

Karl. Ey weißt du denn das auch?

Das Kind. O ja, und da schießt der Kupido mit Pfeile, aber sie thun nicht weh.

Hausvater. Wirklich?

Karl. Oft doch.

Sophie. Wer war denn Alexander?

Das Kind. Ein großer König von Macedonien, er hat den Darius überwunden, und auf seinen Doktor viel Zutrauen gehabt.

Sophie küßt das Kind.

Brav, Fritz.

Hausvater. Wer war denn Otto von Wittelspach?

Das Kind. Da hab ich nichts davon gehört.

Hausvater. Giebt es mehr Götter?

Das Kind. Drey.

Sophie. Nicht doch Fritz, ey.

Hausvater. Seht ihr mit eurer Erziehung, füllt den Kopf mit fremden Sachen an, läßt ihnen Worte ohne Sinn lernen. So ist's mit eurer Mode Erziehung. Nimm mirs nicht übel, aber Sophie, das gefällt mir nicht, darüber müßen wir noch näher sprechen.

Sophie. Wie gern, liebster Vater! Ihr Rath wird mir ein Gesez seyn. Ich will jezt das Kind hinauf führen zum lernen.

Hausvater. Gut ich komme bald nach.

(Sophie ab.)

II.

II. Auftritt.

Hausvater, Karl.

Karl. Das was sie da sagten dacht ich oft: wenn man aus Kindern Papageyen gemacht hat, glaubt man genug gethan zu haben.

Hausvater. Wie kann man das einer Frau übel nehmen, die mit dem beßten Willen von der Welt folgt? Es wäre freylich die Pflicht des Mannes — — —

Karl. Ja wofür sorgt der, als seinen gestickten Stern in alle Häuser der Stadt herum zu tragen; allen Vergnüungen nachzulaufen, und nirgends keine zu finden: vor Stolz auf seinen Grafentittel beynahe zu bersten, und dann doch zuweilen sich entsetzlich wegzuwerffen.

Hausvater. Meine Schuld ist es nicht, daß Sophie ihn heyrathete: auch gefällt die Art wie sie mit einander leben mir gar nicht. Doch davon ein andermal. Es ist der erste Augenblick, Karl, wo ich dich allein sehe.

Karl will ihm die Hand küssen, der Hausvater umarmt ihn.

Wie hast du gelebt, seit dem wir voneinander waren?

Karl. In einer geschäftigen Unthätigkeit mein Vater, wie die meisten von uns, die noch keine Bestimmung haben. Haus-

Hausvater. Wohl dir, daß du nach Bestimmung und Thätigkeit verlangst; aber mein Sohn, der Baum muß Kräfte haben, ehe er Früchte tragen kann. Ich hätte dich vielleicht auch, wie viele deines gleichen schon vor einiger Zeit in irgend ein Dikasterium bringen können. Aber ich hasse es, daß man dem Fürsten durch vieles Bitten, unbärtige Knaben aufdringt, die kaum Sinns genug haben um ihre eigne Handlungen im Gleichgewicht zu halten, und die dann über Leben und Tod, über Ehre und Vermögen, über das Wehe und Wohl eines ganzen Landes entscheiden sollen; denn der Fall trifft sich oft, daß es auf die Stimme eines einzigen ankommt, ob man dem Fürsten einen guten oder Landes verderblichen Anschlag giebt.

Karl. Nicht um von einem besondren Fall zu reden; aber richten sich unsre Fähigkeiten nach dem Alter? giebt es nicht Jünglinge von zwanzig Jahren —

Hausvater. Die oft mehr Fähigkeiten, mehr Kenntnisse haben, als alte? das läugne ich nicht: aber selten hat der Mensch in diesem Alter, die Festigkeit, das bestimmte Weesen, was eigentlich den würksamen Menschen ausmacht. Gewöhnlich sucht man seinen Kindern einen Stand im Staate nicht um dem Staat dadurch zu nutzen, sondern um sie vom Staat

Staat füttern zu lassen, ihnen ein bequemes Einkommen zu schaffen, oder ihrer Eitelkeit zu schmeicheln. Ich möchte wenigstens keines meiner Kinder dem Staat eher hingeben, bis daß ich nicht hoffen dürfte, ich gebe ihm in ihnen ein nützliches Geschenk.

Karl. Aber es gibt eine Zeit, wo der Jüngling einen unwiderstehlichen Hang zur Geschäfftigkeit fühlt, wo ein Feuer in uns brennt, das uns verzehrt, wenn man nicht Luft macht. Wo man in sich Kräfte fühlt um Berge zu versetzen.

Hausvater. Und dann in eine Welt kommt, wo von allem dem nicht die Rede ist; sich bey einem jeden Schritt aufgehalten findet; in so mancherley Verwicklungen mit andren Ständen geräth, so viele Hinderniß in dem Eigensinn und den Leidenschaften der Mitarbeiter findet, Dummheit, Vorurtheile überall: Glaube mir, man kann mit dem beßten Kopf, mit dem beßten Herzen und der thätigsten Tugend nichts ausrichten, wenn man nicht eine beynahe himmlische Weisheit, eine bis fast zur Schelmerey feine Klugheit, eine unbezwingliche Gedulb und eine unermüdliche Arbeitsamkeit hat: und wie kann man diese Eigenschaften, die auch bey dem erfahrensten Mann so selten sind, bey der Wärme und dem Muth, dem wilden Feuer eines Jünglings nur muthmaßen.

Karl.

Karl. Ist aber Handeln, thätig seyn, nicht unser erster, frühster Beruf?

Hausvater. Freylich Bestimmung des Menschen, aber es muß beym Handeln auch etwas heraus; der Mensch muß aber auch mit Zuversicht sagen können, „es war gut, was ich gemacht habe."

Ueberhaupt ist es mit euerm Kraftgefühl so ein wesenloses Ding; eine Fackel, die ihr ohne Unterschied, jung und alt, Mann und Weib, ohnberufen unter die Nase herumträgt, und die doch beym ersten Windstoß verlöscht. Ich habe gerne, daß Männerkraft sey, wie der Funken im Feuerstein, nur sichtbar, wenn Eisen daran schlägt, aber dann gewiß. Doch, das alles ist nicht gesagt, daß ich dich noch länger ohne wirkliche Beschäfftigung laßen möchte; heute noch, wenn ich nach Hofe komme, will ich um eine Stelle für meinen Karl bitten.

Karl. Beßter Vater, durch ihren Rath, ihre Unterstüzung geleitet — — —

Ein Bedienter. Es ist ein Bauer vom Gut da, der läßt unterthänigst anfragen, ob nichts zu bestellen seye.

Hausvater. Er solle gleich selbst herkommen, ich wolle ihn sprechen:

(Der Bediente ab.)

solcher Leute Zeit ist kostbar, man muß sie nicht warten

ten lassen. Sey so gut Karl, und bestell mir den Verwalter her, er ist schon seit heute fruh da.

Karl. Gleich.

(Ab.)

III. Auftritt.
Der Bauer kömmt herein, der auf seine Art ein Kompliment macht.

Der Bauer. Ich habe eben gehört, daß unser alter gnädiger Herr hier seye, da habe ich anfragen wollen — —

Hausvater. Und habt mich nicht selbst seh'n wollen?

Der Bauer. Ich hab eben nicht das Herz gehabt.

Hausvater. Nicht das Herz gehabt, euren Vater zu seh'n? denn das möcht ich euch gern seyn. Was thut ihr in der Stadt?

Der Bauer. Ich habe heute Frucht auf die Schranen (*) geführt.

Hausvater. habt ihr gut Verkauft?

Bauer. Leider Gottes so wohlfeil, daß es nicht die Baukosten verlohnt; aber was will man machen, es muß doch gelebt seyn.

Haus-

(*) Markt.

Hausvater. Es wird schon hoffentlich noch beßer geh'n.

Bauer. Ja gnädiger Herr, aber unterdeßen muß fast einer nach dem andern sein Haus und Hof verlaßen. Ich selbst hab da eine Nachbarinn, der ist ihr Mann gestorben, ihr ältester Sohn ist im Kloster, der kann ihr nicht helfen; und der jüngst ist auch in die Studien; um den nu zu erhalten, hat sie alle ihre Frucht verkaufen müßen, wo einer dann nicht viel daraus kriegt. Nun ist sie so arm g'worden, daß sie vor acht Tage ihr letztes bischen Frucht den Terminnirenden Herrn Geistlichen hingeben hat, denn mein Gott man mag denn doch auch die Kirch nicht darben laßen. Und da hat sie und ihr kleine Kinder itzt nichts mehr zu leb'n, kein Knecht kann sie halten, da muß sie eben vom Hof abzieh'n.

Hausvater. Armes Weib.

Er nimmt Geld aus der Taschen, und giebt es dem Bauern.

Nehmt das, und bringt es eurer Nachbarinn unterdeßen, ich will mich übrigens darnach erkundigen.

Bauer. Gottessegen dafür. Ach unsre Herrschaft wär schon gut, wenn — — —

Hausvater. Was, wenn? — sagt es nur getrost heraus.

Bauer.

Bauer. Wenn wir nur nicht sonst so von den Amtleut und Schergen geplagt wären. Wollten ja gern unsrer Herrschaft alles geben, wenn die uns nur nicht mehr abnähmen als die Herrschaft. Unser lieber Churfürst, der hat überall die Schergen abgeschaft, und die zahlen keinen Antheil mehr. Wenn Gott ihm so viel Segen giebt, als die Unterthanen darum für ihn beten, und ihm wünschen.

Hausvater. Seyd zufrieden, ihr sollt nicht schlechter als andre steh'n, ich sorge dafür.

Bauer. Ach Gott, wenn sie gnädiger Herr uns das thun wollten, wollten es dem Churfürsten nachmachen, unsre Kindeskinder sollten noch für sie beten, wir wollten es all in unsre Betbücher 'neinschreiben lassen, daß sie das g'than haben.

Hausvater. Gute Leute!

Bauer. Wir wollen gern geben, was wir nur können. Unser eins braucht nit viel: wenn wir nur uns und unser Gesind, kümmerlich ernähren können, genug zur Saat übrig behalten, mein Gott, so verlangen wir sonst nichts, das übrige wollen wir gern alles der gnädigen Herrschaft geben.

IV.

IV. Auftritt.

Der Verwalter kömmt herein.

Der Bauer erschrocken. Ach der Herr Verwalter.

Hausvater. Nun so geht nur wieder euers Wegs, grüßt sie alle in der Hofmark, von meinetwegen, und sagt ihnen, sie sollten nicht meine Unterthanen, sondern meine Kinder seyn.

(Bauer ab.)

Hausvater. Guten Morgen, Verwalter.

Verwalter. Demüthigster Diener Ew. Hochgräflichen Excellenz.

Will ihm die Hand küßen.

Hausvater. Laß er's gut seyn; laß er's gut seyn: er weiß, ich bin kein Liebhaber von Titulaturen und Komplimenten: und ein ehrlicher Mann braucht vor niemand zu kriechen, auch nicht vor seinem Herrn. Wie ist's, wie sieht's auf der Hofmarkt aus?

Verwalter. Sonst sieht's recht gut aus; freylich hat man viel zu thun, besonders mit den widerspenstigen Bauern.

Hausvater. Wenn der Bauer widerspenstig ist, so ist es größtentheils die Schuld der Herrschaft. Wie ist es mit der Abschaffung der Schergen und

dem

dem Laudemial - Mandat in Churfürstlichen? wovon ich dem Herrn schon ehmals sprach.

Verwalter. Es ist ganz eingeführt, thut auch in sofern recht gut: der Landmann ist herrlich und vergnügt, offenbar steht er itzt beßer.

Hausvater. Und warum hat denn der Herr das nicht auch bey mir eingeführt, da ich ihm darüber freye Macht gegeben habe?

Verwalter. Ja, ihr Hochgräfliche Excellenz, es ist ein offenbarer Schaden dabey; auch hat es fast keine Herrschaft gethan.

Hausvater. Weil es niemand anders gethan hat, das beweist nichts; und wie das kurzsichtig gedacht ist! weil vielleicht das erste Jahr nicht so viel eingeht, so will man den wesentlichen Vortheil künftiger Jahre, wohlhabende Unterthanen zu haben, aufopfern: und wenn das auch nicht wäre; ich dächte, es verlohne sich wohl der Mühe zwey überflüßige Schüsseln auf meinem Tisch weniger auftragen zulassen, damit hundert Unterthanen trocken Brod genug zu essen bekommen.

Verwalter. Man hat auch unterdeßen verschiedne Einrichtungen wegen den Schulen machen wollen.

Hausvater. Ich habe davon mit vielem Vergnügen gehört: hat der Herr das auch eingeführt?

Ver-

Verwalter. Behüt der Himmel!

Hausvater. Nicht! warum nicht?

Verwalter. Fürs erste glaube ich, daß man den Bauer so dumm lassen muß, als man nur kann.

Hausvater. Verwalter!

Verwalter. Und hernach, Euer Hochgräflichen Excellenz haben das Recht sich in Schulsachen nichts vorschreiben zu lassen, und das wäre ein praejudicium, so etwas einzuführen.

Hausvater. Praejudicium! praejudicium! wenn man den Landesfürsten in seinen heilsamen Absichten unterstützt! Wozu will er mich denn machen? soll ich Landstand seyn bloß um zu widerstreben, wenn was Gutes geschehen soll, bloß der Summe der Bedürfnisse unsres Fürsten hie und da etwas abzwacken, damit ich es genieße. Landstand seyn, um mich reichlich für die Mühe bezahlen zu lassen, daß ich mein Interesse besorgen darf? Unter den Dekmantel des Patriotismus meines Vortheils pflegen, und meiner Ehrbegierde schmeicheln? Glaubt er, meine Voräl-tern hätten nur darum gesucht ihre Freyheiten mit Gut und Blut zu erhalten, damit unser Vaterland desto oeder und verwilderter unter den Joch unzäh-liger kleinen Tyrannen seufze. Mit meinem Leben werde ich meine Freyheit zu erhalten wissen: aber ei-

nen

nen gutdenkenden Fürsten soll sie nicht hindern; und arme Unterthanen sollen nicht darüber seufzen müßen.

Ein Bedienter. Der Herr von Dromer.

Hausvater. Man soll ihn nur hinüber führen.

Im Abgehen.

Nein Herr, solche Gesinnungen laß er sich nicht oft anmerken, ich könnte da vielleicht strenger seyn, als wenn man mich hintergienge.

Der Verwalter geht nach.

II. Scene.

Der Schauplatz ändert sich in das Zimmer der Gräfinn Amaldi.

Ein aufgestellte Toilette in demselben, die Kammerjungfer räumt daran auf.

I. Auftritt.

Gr. Amaldi kömmt heraus, in Pudermantel, ihr folgt, Graf Monheim.

Amaldi. So ist es Graf: ich hoffe, sie werden mich so verstehen, wie ich es meyne.

Monheim. Ich verstehe sie nur zu gut. Der Innhalt von allem ist, daß sie meiner überdrüßig sind, daß sie mich nicht mögen, meiner loß seyn möchten.

Amaldi. Das hätte ich wirklich gesagt? Lassen sie doch hören — —

Monheim. Ja, was sollte denn sonst ihre Rede bedeuten: "künftig müßten sie sich meine öftere Besuche verbitten" und dergleichen.

Amaldi. Sind sie so kurzsichtig, nicht unterscheiden zu wissen, zwischen dem, was man gern thut, und dem, was man thun muß?

Monheim. Muß eine Amaldi auch etwas?

Amaldi. Nun, Graf man muß auch das, was man für gut, für rathsam hält, was — —

Monheim. Aber wie trift das alles hier zu: denn, wie ich schon einmal gesagt habe, ich will zum Beßten meiner Frau hoffen, daß sie ihnen nicht wird Sachen in Kopf gesetzt haben, die — — —

Amaldi. Laß ich mir wohl Sachen in Kopf setzen. Graf sie kennen mich schlecht.

Monheim. So meynt ich es nicht, aber, was kann man — — —

Amaldi. Kurz, denn sonst seh ich wohl, daß unser Gespräch nie zum Ende kömmt: ich glaubte, ihre Frau sey vernünftig genug sich um das Betragen ihres Mannes nichts zu bekümmern; und so lang habe ich sie Hr. Graf in meinem Hause geduldet Nun ich aber das Gegentheil weiß, sehen sie, so muß ich mir schlechterdings ihren fernern Umgang verbitten; denn eine Amaldi leidet keine Nebenbuhlerinn, kann den Mann nicht zum Liebhaber dulden, der sich zwischen

schen Ihr und einer andren theilt, wär es auch seine Frau.

Monheim. Theilen? Gnädige Frau, theilen? wo ist ein Theil meiner, der ihnen nicht ganz gehört. Und quält sie auch der Gedanke, daß ich meine Frau im Hause habe, morgen früh soll sie fort, sie soll auf einem entfernten Landgut leben: und

er wirft sich zu ihren Füßen.

Dann werde ich doch auch ihre Liebe?

Amaldi fängt ein lautes Gelächter an. Meine Liebe? — die Gedanken ihrer Frau mich quälen, (sie lacht) Glauben sie denn, daß ich sie je lieben könnte, glauben sie denn je, daß ich eine gemachte Eroberung mir durch jemand anderst abnehmen lasse, wenn sie mir nicht von selbst überdrüßig wird? Ha, ha, ich wollte versuchen, wie weit auch ein Mann von Erfahrung seine Thorrheiten treiben könne, um dadurch mehr Nachsicht gegen die Jüngere zu bekommen. Nun weiß ich es, und nun (sie verneigt sich) leben sie wohl.

Monheim. Gräfinn sie werden mich zu einem Schritt verleiten.

Amaldi. Sich doch nicht umbringen. Ha, ha.

Monheim. So lachend sagen sie das?

Mon=

Monheim. Ja ich denke eben, was für Briefe Göthe dem neuen Werther schreiben ließ. Adieu, feuriger Liebhaber.

(Sie geht.)

Monheim. Ha Weib, das ist dein Werk, aber ich will es dir entgelten.

Er will fort.

Kammerjungfer. Herr Graf, was bekomme ich für eine Belohnung.

Monheim. Geht Weiber.

(Ab.)

Gr. Amaldi kömmt heraus.

Ist der Narr fort.

Kammerjungfer. Ja Gnädige Frau.

Setzt sich, um die Haare in Ordnung zu bringen.

Gr. Amaldi. Eine Art von Vergnügen bleibt es denn doch immer, zu seh'n, wie wir Weiber, mit einigen wenigen guten Worten, uns das ganze Männervolk zinnsbar machen können.

Kammerjungfer. Oft aber sind wir aber auch — — —

Amaldi. Werden auch wir ertappt, kann seyn, zum Beyspiel, nicht wahr, wenn ein Graf Karl willst du sagen — —

II.

II. Auftritt.
Karl tritt herein.

Verzeihen sie Gnädige Frau, daß ich unangemeldet herein trette.

Amaldi. Sie wissen ja Graf, daß sie das Recht haben.

Karl. Sie sind noch mit ihrer Toilette beschäftigt?

Amaldi. Ich habe erst spät anfangen können; und sie wissen wohl, daß das bey uns Weibern ein wesentliches Geschäft ist, ohnerachtet eigentlich ihr Männer es seyd, die es uns zur Nothwendigkeit gemacht habt.

Karl. Das ist ein schaler Mensch, der bloß auf den Puz seiner Schönen sieht.

Amaldi. Eingestanden, wenn er bloß darauf sieht; aber glauben sie mir, es ist keiner, dem es nicht eine angenehme Nebensache wäre; und da es nun einmal unsre Bestimmung heißt euch Männern zu gefallen, was Wunders, daß wir auf so eine wichtige Nebensache unser Aufmerksamkeit wenden?

Karl. Was ich dabey bemerke, wäre, daß keine Sache in der Welt ist, die nicht durch die Beredsamkeit einer Frau, eine andre Wendung bekomnt

Amaldi. Und so wär also wohl nichts so schlimm, das nicht durch uns gut scheinen könnte; aber auch nichts so gut, das wir nicht böse darzustellen vermögen? Sehen sie Graf, da wären wir ja vortreflich um den Satz zu bestättigen, daß alles seine gute und schlimme Seiten habe: und wenn ich es recht bedenke, die größte Vertheidigerinn des Systems der beßten Welt.

Karl. Sie werden ja eine ganze Philosophinn.

Amaldi. Und nicht wahr, das ist Mißton im Munde des Weibes?

Karl. Sie wollen sagen fremder Ton, gefährlich, wenn er allgemein würde; aber bey ihnen, die sich so sehr von ihrem Geschlecht auszeichnen, trift das nicht ein.

Amaldi. Auszeichnen, das möchte ich gerade nicht, ich kenne die Grenzlinie wohl, zwischen Mann und Weib; aber seh'n sie, da so viele Männer weibisch werden, laßen sie immer hie und da auch ein Weib etwas vom Mann annehmen.

Karl. Was ist nicht gut, treflich bey ihnen?

Amaldi. Sie werden galant, mein lieber Graf: und das ist bey Männer ihrer Art entweder Jronie, oder nichts denken.

Karl. Sie vergeßen das britte: Wahrheit.

Amal.

Amaldi. Genug davon, das könnte uns zu weit führen. — Ob sie wohl schon einmal recht verliebt waren?

Karl. Ich war es nie halb.

Amaldi. Das ist viel gesagt. Seitdem ich Wittwe bin, habe ich, wie sie wissen, manchen geseh'n, der mir wollte glauben machen, er sey in mich verliebt, er bildete es sich auch wohl selbst ein: aber unter allen kein einziger, von dem ich das mit Wahrheit hätte sagen können. Der Gedanke, daß ich eine reiche Wittwe sey, daß durch meine Bekanntschaften ich meinem Manne eine ansehnliche Stelle bey Hof schaffen könnte, war wohl immer der gemeinschaftliche Punkt, aus dem alle meine Liebhaber ausgiengen. Wirklich, um das Vergnügen der Liebe zu genießen, muß man keinen Rang, keine Reichthümer haben, — wahrhaftig — ha, ha, man sollte eine arme Mahlerstochter seyn.

Karl bestürzt. Warum das gerade?

Amaldi. Und warum sie so bestürzt? Ha, ha, meynen sie, ich wüßte nichts von ihnen; ist nicht eine gewiße Mahlerstochter?

Karl. Nun ja. Aber wo wissen sie denn das?

Amaldi. Von Dromern, von ihrem und meinem Freund; dem ich bloß zuweilen ein schönes Wort sage, damit ich hie und da Neuigkeiten erfahre, jemand

mand habe, der mich Treppe auf- und abführt, und sicher seyn kann in allen Gesellschaften eine Person zu meiner Trissett Partie zu finden.

Karl. Also von schwazhaftesten unter der Sonne — — —

Amaldi. Und warum soll man denn das auch nicht wissen, was ist es nun weiters? denn daß sie sie wirklich heurathen wollten, das kann nicht seyn: so schwach glaube ich sie nicht, daß sie Kreaturen dieser Art für was anders anseh'n sollten, als was sie sind, — Zeit vertreib. Ich mußte recht darüber lachen, daß der einfältige Dromer nur fürchten konnte, als würde ein Graf Karl, entsagen den Beruf, den er sich zum großen Mann fühlen muß; versperren alle Zugänge zu jeder ihm itzt offnen Ehrenstelle, aufgeben alle vortheilhafte Verbindungen, wo ich wohl dafür stehen möchte, daß es nur von seiner Wahl abhänge.

Karl. Auch Gräfinn sollen sie mich hoffentlich auf keiner Schwachheit begegnen.

Amaldi. Das sicherste Mittel, lieber Graf; als Freundinn rathe ich es ihnen, — sie werfen sich in die Arme einer andren.

Karl. Versteh'n sie sich so wenig auf Leidenschaften?

Amal.

Amaldi. Wer sagt denn, daß sie die andre gleich lieben sollen? Suchen sie sich eine Person, die ihnen, ohne verliebt zu seyn, nicht unangenehm zu seyn scheint. Heurathen sie sie, und dann sind sie gegen jene Schwachheit gesichert.

Karl. (Halb vor sich seufzend.) Und bin dann —

Amaldi. Ein Betrüger, wollen sie vielleicht sagen. Lieber Graf, das ist unter unsern beyden Geschlechtern so was gemeines geworden, daß die Schuld an denen ist, die sich betrügen lassen: und warum wollen sie allein der Thorr seyn? Ihr Mädchen, sie sey noch so vollkommen, bleibt immer Weib, und, ich bin selbst ein Weib, als solche, ihnen nur so lang getreu, bis sie nichts findet, daß ihr beßer dünkt. Glauben sie mir, heurathen sie sich.

Karl. Aber warum heurathen? warum gerade das?

Amaldi. Weil es für sie das einzige, beßte Rettungsmittel ist. Aber, folgen sie mir; nicht wiederum eine Romanengeschichte —: suchen sie sich eine Person, die ihnen Reichthümer und Protection verschafft; dann, sey sie nur ein wenig erträglich — und es wird schon gut geh'n.

Karl. Wenn sie so beredt für das Heurathen sprechen, warum heurathen sie selbst nicht wiederum? Nicht wahr, sie wollen sich nicht wiederum Ketten anlegen?

Amaldi. Das nicht — — aber — vielleicht — — — Leben sie wohl.

(Im Abgehen.)

Amaldi läßt sich nicht gern auf ihrer schwachen Seite sehen.

Karl. (Steht ganz erstaunt da, und sagt halb articulirt.) Sonderbar.

(Ab.)

Dritter Akt.

I. Scene.
Sophiens Zimmer.
I. Auftritt.

Sophie sitzt an einem Arbeitstisch, die Arbeit liegt auf einem Tisch, sie liest in einem Buch.
Karl kömmt herein.

Sophie. Warum so verstört lieber Bruder?

Karl. Schwester, weil ich der unglücklichste Mensch bin, der schwankendste, unbestimmteste Knabe, mir selbst ein Abscheu.

Sophie. Warst du bey dem Mädchen?

Karl. Ach ich wollte, ich wäre da gewesen, da wäre ich doch ganz, was ich wäre; entweder ihr auf immer ergeben, oder ewig von ihr getrennt. Wahrhaftig dem Menschen ist keine größre Erniedrigung, als der Zustand, in dem ich bin.

Sophie. Wenn du nicht dort warst, was ist denn sonst vorgegangen? sage es deiner Schwester, die dein Vertrauen zu haben hofft: sag es ihr, und was ich helfen, was ich thun kann — — —

Karl. Ich war bey Amaldi; wie ich dir schon gesagt habe, ein großes herrliches Weib; eine männliche Seele. Dir sey's gesagt, denn du weißt, wie weit ich von Prahlerey dieser Art entfernt bin, ich glaube, es hängt von mir ab, und sie wird meine Gattinn.

Sophie. Sie, um deren Reichthümer, um deren Ansehen, das ganze Land buhlt?

Karl. Auch gieng ich von ihr weg, dachte mir die Vorzüge, die ich dadurch erhalten könnte, — dachte mir auf der andern Seite das Elend, in das ich rennen, meine Lotte mitstürzen wollte, und war fest entschlossen: das ganze meinem Vater zu entdeken, und dann um Amaldi anzuhalten. Lieben kann ich zwar außer Lotten niemand, aber ich werde sie schäzenkönnen, und — — —

Sophie. Nun?

Karl. Mit diesem Vorsatz komm' ich her, und empfange an der Thürre diesen Brief von ihr.

Sophie. Von wem?

Karl.

Karl. Von ihr; meiner Lotte. Höre nur, ich bitte dich

„Acht Tage sind es, du mein einziger, liebster,
„daß du nicht bey mir warst. Wo ist mein Ge-
„mahl? denn das bist du vor Gott; verlassen! ver-
„gessen! Wenn Karl mich je verlassen kann, dann,
„es ist schröcklich, aber dann morde ich mit eignen
„Händen, das Kind, das ich von ihm bekomme, das
„wird mütterliche Wohlthat seyn; und daß mich
„dann öffentlich hinrichten. Was soll denn ein ältern-
„loses Kind, ein entehrtes Mädchen auf dieser Er-
„de thun? Doch ich rase, Karl kann das nicht.
„Aber Gleichgültigkeit, Kälte war schon Tod für mich.
„Komm ja bald, oder meine Thränen brennen mei-
„ne Augen aus, komme zu
Deiner getreuen
Lotte.

Sophie. (Die äußerst gerührt ist, nach einiger Pause.) Und nun, was willst du thun?

Karl. Weis ich es selbst? O mich öffentlich zur Schau ausstellen, daß jeder Jüngling mich
sehe, vor mich zurückschaudre! und erfahre, was
unbesonnene Liebe aus den Menschen machen kann. —
— — — Rathe mir Schwester! Rathe mir.

Sophie. Es kömmt auf dich an: du hast
zu wählen: ob du lieber deinen Vater, der dich so

innig

innig liebt, sein ganzes Vertrauen auf dich setzt, aller künftigen Freude berauben willst, die er in dem Gedanken finden könnte durch dich sein Haus würdig fortgesetzt zu seh'n. Ob du allen weitern Ansprüchen auf Ehre und Ruhm auf immer entsagen, und nach dem ersten Jahr der Liebe ein Leben voll Widerwillen und Vorwürfe fortschleppen magst. Oder ob du dein Mädchen dem ersten augenblicklichen Schmerz überlaßen, sie anständig versorgen willst, und sich mit so vielen trösten läßt, die gleiches Schicksaal gehabt haben. Zeit gewöhnt uns an alles, und kann man die ganze Sache nicht geheim halten, und so die Ehre des Mädchens retten.

Karl. Gut gesagt — aber — — — oh ich sehe deinen Mann kommen, in dem Zustand möcht ich nicht geseh'n seyn; ich will auf mein Zimmer, laß mich ruffen, wenn unser Vater kömmt.

(Ab.)

II. Auftritt.
Monheim im Hereintretten

Gieng da nicht Karl?

Sophie. Ja.

Monheim. Warum vermeydet der mich?

Sophie. Daß ich nicht wüßte; er wollte eben auf sein Zimmer geh'n.

Mon-

Monheim. O ich merk es all zu wohl, daß ich ihm, wie ihnen Madam, und ihrer ganzen Familie unerträglich bin.

Sophie. Welche Einbildungen! Karl kömmt eben von der Gräfinn Amaldi, und im Vertrauen, ich glaube er ist in sie verliebt — — —

Monheim. Was wollen sie damit sagen? Ah — das soll Spott seyn? — so ist das Komplot also gewiß? — hat also Dromer Recht? — so soll ich also der Narr von euch Weibern seyn, euch zum Gelächter dienen?

Sophie. Ich erstaune; was ist ihnen?

Monheim. Als wenn sie es nicht wüßten: als wenn das nicht überklug eingerichtet gewesen wäre, daß Amaldi mich auf das äußerste treiben, und dann mit Hohngelächter verlassen müssen. Sie haben mich demüthigen wollen?

Sophie. Bey Gott ich weis von allen dem nichts.

Monheim. O Schwühre der Weiber, denen glaubt man auch sobald? Ja — aber sie haben sich geirrt, ich will nicht länger das Gespött einer Familie seyn, die ich hasse. Ich will noch morgen fort, ich will ihnen einen anständigen Unterhalt geben, und will auf immer von ihnen geschieden seyn. Daß sie sich dem nur nicht widersetzen, ich sage es ihnen.

So-

Sophie. (Im Aufstehen.) O sorgen sie nicht, ein Mann ihrer Art.

Monheim. Ich habe Jahre genug mit einem einfältigen Hirnlosen Weibe verträumt — —

Sophie. Sie sind ein wilder unbändiger Mann.

(Im Abgehen.)

III. Scene.
Der Hausvater kömmt herein.

Was ist? was ist hier vorgegangen?

Monheim. Gut daß sie kommen. Ich kann nicht länger mit ihrer Tochter leben.

Hausvater. Und warum das nicht? was für Ursachen.

Monheim. Tausend in einer. Sie ist mir unerträglich.

Hausvater. Und warum war sie es ihnen denn sonst nicht? warum gaben sie sich denn so viele Mühe, sie zu bekommen.

Monheim. Weil ich verblendet war, weil ich nichts beßers kannte. Und nicht genug, daß ich sie dulden muß; sie geht mit heimlichen Ränken um, sucht mich jedes andern Vergnügens zu berauben: macht mich zum Gespötte der Welt. Oh, ich wollte — — —

Haus.

Hausvater. Ruhig Herr Graf; ruhig, betragen sie sich wie es sich eines Mannes geziemt: haben sie Beschwerden, so stellen sie sie als Hausvater ab, und wollen sie mich zu Rathe zieh'n, so stehe ich dann zu Dienst.

Monheim. Von nichts will ich mehr hören, als von Trennung, von Scheidung: und ich sage es ihnen zum voraus, willigen sie nicht ein, nehmen sie ihre Tochter nicht zurück, so werde ich sie so Mißhandeln.

Hausvater. (Halb aufgebracht.) Herr dafür werde ich sie schon sicher zustellen wißen. Geh'n sie, sie sind außer sich, setzen sie sich in eine Verfaßung, daß ein Mann mit ihnen reden kann.

Monheim. Gut ich gehe, aber noch einmal sage ich es ihnen. wenn ihnen ihre Tochter lieb ist, so trennen sie sie von mir.

(Ab.)

IV. Auftritt.

Der Hausvater öffnet die Thürr des Kabinetts, und ruft.

Sophie!

Sophie (kömmt heraus in Thränen.) Sind sie da, mein Vater?

Haus-

Hausvater. Ja, mein Kind; aber was haft du mit deinem Manne? ich bin recht unzufrieden:

Sophie. Weis ich es? und kann ich dafür —

Hausvater. Doch es ist, fast immer, mit die Schuld des Weibes, wenn uneinige Ehen sind.

Sophie. Bester Vater, ich weis mich in nichts schuldig. Geliebt habe ich meinen Mann nie, aber nie ließ ich es gegen ihn an schiklichen Betragen fehlen. Wir blieben auf einen zwar kalten, aber anständigen Fuß, bis auf heute, da er mit wüthender Gebehrde herein kömmt, und mir von Scheidung spricht.

Hausvater. Wie begegnetest du ihm?

Sophie. Freylich ward ich auch ungeduldig.

Hausvater. Was denkst du nun zu thun?

Sophie. Mich in ihre Arme werfen, und sie bitten mich aus den Händen des Tyrannen zu befreyen.

Hausvater. Du wolltest dich also auch von ihm scheiden?

Sophie. Gerne, gerne.

Hausvater. Und mir den traurigen Gedanken lassen, daß ich eine unglückliche Ehe gestiftet oder vielmehr zugelassen habe; dich als einen beständigen Vorwurf unter meinen Augen sehen müßen.

So-

Sophie. Was soll ich aber anfangen?

Hausvater. Seh'n, was Nachgiebigkeit vermag!

Sophie. So sollte ich mich erniedrigen.

Hausvater. Die Frau, die ihren Mann wieder in die gehörige Ordnung bringt, erniedrigt sich niemals.

Sophie. Was wird es aber helfen!

Hausvater. Wenn der erste Sturm vorüber ist, und du bezeugst Reue über deine vorige Ungeduld, und du giebst gute Worte — — — o Sophie, die Schmeicheleyen des Weibes könnten einen Tyger besänftigen. Willst du das thun, mein Kind?

Sophie. Was thun die Kinder eines solchen Vaters nicht? um ihm zu gehorchen.

Hausvater. (Umarmt sie) Versuch es, meine Liebe, bringe deinen Mann wieder zur Vernunft, und ich will dir dann helfen ihn darinn zu erhalten. Sey getrost: Pfade mit Rosen besäet, sind des Menschen Weg ohnedem nicht.

Sophie. Alles, liebster Vater, alles. Karl war auch hier, er hat zu mir gesagt, daß ich ihn sollte rufen lassen, wenn sie da wären.

Hausvater. Thue das.

Sophie. (Läutet, es kömmt ein Bedienter) Der Graf Karl möchte herunter kommen.

(Bedienter ab.)

Hausvater. Ich habe dir wollen gute Nachrichten bringen, und da bin ich so unangenehm unterbrochen worden.

Sophie. Verzeih'n sie — — —

Hausvater. Laß nur gut seyn, kannst auch nicht davor, wird schon beßer geh'n. Nun die gute Nachrichten sind, daß ich bey Hof war, von unsrem Herrn äußerst gnädig empfangen wurde, und für meinem jüngsten Sohn eine Majorsstelle, und für Karl eine Rathsstelle erhalten habe; und der Fürst gabe es mir mit einer Art, die ich nie vergessen werde; denn siehst du, ein Geschenk gewinnt doch nur seinen Werth, durch das Betragen des Gebenden.

Sophie. Wie Karl sich freuen wird, seinen thätigen Geist einmal eine bestimmte Beschäfftigung zu wissen.

Hausvater. Und Ferdinand, daß er itzt zwey Epaulets bekömmt;

Sophie. Wo er seyn mag, ich habe ihn lang nicht geseh'n?

Hausvater. Er wird vermuthlich beym Exercieren seyn. Noch eins; sag mir einmal, was ist denn das mit Karl und einem hiesigen Bürgermädchen?

Sophie. Eine Sache, die Karl vielen Kummer macht; er ist wirklich verliebt.

Haus.

Hausvater. Da bedaure ich ihn, denn ich sehe es für ein wahres Unglück an, wenn man in ein Mädchen verliebt wird, die von einem Stand ist, daß man sich nicht mit ihr verbinden kann. Aber was ist das für ein Mädchen?

Sophie. Ohnerachtet ich seine Vertraute war, habe ich doch erst seit einigen Tagen erfahren, daß es eines gewissen Mahlers Lebok Tochter seye.

Hausvater. Ich habe nichts von dem Lebok gehört: was Wunders aber auch, daß hier Künstler unbekannt bleiben, wer frägt darnach?

Sophie. Karl hat mir schon versprochen, daß er von dem Mädchen ablassen wollte.

Hausvater. Daß er das Mädchen nicht heurathet, da stehe ich gut dafür.

Sophie. Freylich ist er in der Liebe schwärmerisch.

Hausvater. Thut nichts; sein Stolz ist mir der sicherste Bürge dafür. Ueberhaupt ist nicht der Mühe werth, daß man von einer so gewöhnlichen Ausschweifung eines Jünglings viel rede.

Sophie. Neben dem hat Amaldi Absichten auf ihn, die er bemerkt hat, und denen er nicht entgegen ist; aber da kömmt er.

V.

V. Auftritt.
Karl kömmt.

Sie waren lange aus, mein Vater.

Hausvater. Einige Wohlstandsbesuche.

Sophie. Vielleicht brauchen sie mich zu ihrer Unterredung nicht.

(Gehet ab.)

Hausvater. Ich komme dir bald nach.

Karl. Waren sie bey Hofe?

Hausvater. Ja mein Sohn, und habe dich in die Churfürstliche Dienste gebracht.

Karl. Haben sie? o tausend, tausend Dank.

Hausvater. Sey überzeugt, daß eines Vaters größte Freude ist, seinem Kinde Vergnügen zu schaffen.

Karl. Ich versichre sie, daß wenn Eifer und guter Willen etwas vermögen, sie keine Schande an mir erleben sollen.

Hausvater. Das hoffe ich, bin es überzeugt, traue genug auf deinen Eifer, daß du kein Geschäfft für klein anseh'n wirst, denn die geringste Vernachläßigung kann wichtige Folgen haben.

Karl. Glauben sie mir ich fühle es, daß es nichts geringes seye, zur Ehre seines Fürsten, zum Wohl einer ganzen Nation mit beyzurathen.

Haus-

Hausvater. Gewiß ist es eine wichtige Sache; auch damit dein Rath den Umständen angemessen sey, so studire mit vieler Aufmerksamkeit den Geist deiner Nation, such ihre Fehler, wie ihre Vorzüge auf, und schließe dich an diejenige an, die mehr Erfahrungen haben, als du; so wirst du nicht Gefahr laufen deine Theorien unrecht anzuwenden, das Anfängern mit dem beßten Willen gemeiniglich geschieht.

Karl. Ich habe mir Grundsätze gebildet — —

Hausvater. Bleib ihnen vor allem getreu, nicht mit Eigensinn, aber mit Standhaftigkeit, so lange du von ihnen überzeugt bist; dränge sie niemand auf, findest du aber jemand, der mit dir auf einem Weg geht, auf ihn eben auch das Gute sucht; o so kette dich mit Bruderliebe an ihn an, suche ja nicht irgend einen Ruhm ungetheilt genießen zu wollen. Vaterlandsliebe ist, des Vaterlands Beßte wollen, befördern helfen, es geschehe auch durch wen es sey. Es ist nur zu allgemein in unsren Zeiten, daß Eigennutz und Ehrsucht den prächtigen Titel des Patrioten annehmen.

Warum ich dich bitte, dränge dich nicht unberufen in ein frembdes Geschäft, aber das deinige thue von ganzer Seele: hüte dich dabey für Neuerungssucht, aber laße kein Unrecht, kein Vorurtheil in deinem Fach ungerägt; suche es nicht umzustürmen, sondern

dern zu entwurzeln, denn jenes wirst du vergebens unternehmen. Ueberhaupt mache kein großes Geräusch von deinen Geschäften, schmäle und schimpfe nicht, sondern handle, und schweige.

Karl. Oft habe ich das schon bemerkt, daß dieß beynahe ein Fehler unsrer Nation seye, mit dem größten Lerm, und den prächtigsten Worten unthätig zu bleiben.

Hausvater. Das geschehe dir nie: auch wollte ich; aber ich werde schwazhaft, das überfließende Vaterherz — — —

Karl. O liebster Vater — fahren sie fort, können sie wohl ihrem Sohne auf seinen Weg Geleitsmänner genug mitgeben, denn das sollen mir ihre Vorschriften seyn.

Hausvater. Nun dann, mein Sohn, sey vor allen Dingen in allen Sachen wahr. Es ist der Innhalt aller Vorschriften; suche nichts durch einen Winkelzug zu Stande zu bringen, selbst nicht der Weg zum Guten sey bey dir krumm. Und sollte hie und da ein Bube auf deinen Weg kommen, der dir glauben mache, das sey nöthig, so laß ihn zwar laufen, aber siehe ihn als einen Verläumder deines Herrn an.

Karl. Gewiß. O Vater, wie ich mich freue, wie ich meine gemachte Beobachtung anwenden will, wie ich gegen jeden Mißbrauch eifern will.

Haus-

Hausvater. Wohl; aber noch einmal suche nicht umzustürzen, sondern zu entwurzeln; bedenke, daß nach Vollkommenheit, Menschen vergebens streben, und die größte Kunst darinn bestehe unter mehrern Uebeln das kleinste zu wählen. Besonders, solltest du es auch dahin bringen können, sey nie Urheber, daß eine Anordnung geradezu aufgehoben werde, wäre sie auch noch so schädlich. Man muß den Gedanken der Unfehlbarkeit beym Volk erhalten, sonst verliert man das Zutrauen, und hat hiemit alles verlohren.| Es giebt ja hundert Wege eine Sache zu ersetzen, die freylich oft nicht so glänzend, aber nützlicher sind. Wie ich es schon einmal gesagt habe, dein Weesen sey stille Thätigkeit: es sey dann, du sehest drohenden Schaden voraus, dann, hört man dich nirgends, dringe mit deinem Anliegen bis zum Fürsten, er wird dir nicht übel dafür wollen.

Karl. Zuversichtlich mit ihren Lehren mein Vater mit ihrer Unterstützung, werde ich mich bald empor schwingen.

Hausvater. Ich wollte, deine Absicht wäre, lieber ein nützlicher Mann zu werden. Das ewige wegrücken wollen aus dem Stand, wo man oft gut ist, um in einem andrem schlechter zu werden, ist Verrath am Vaterland, und Erniedrigung, Herabsetzung seines eignen Werths. Groß seyn, ist nur das

das ganz seyn, was man seyn soll. Uebrigens laß dir nicht träumen, als würdest du nicht auf diese Art viele Hindernisse auf deinem Weg antreffen; auch wirst du vielleicht unterdrückt, deinem Fürsten unbekannt bleiben, wohl gar bey ihm verläumdet werden. Aber wandle deßwegen, wandle deinen Weg getrost fort, die Zeit wird doch kommen, wo man dich finden wird; und ist das auch nicht, so wird immer Zufriedenheit deine Belohnung seyn. Aber wirklich wie verirren uns zu weit, laß uns abbrechen. Du weist, daß ich dich von je her zum Stammherrn bestimmte.

Karl. Ja mein Vater, ich weis es.

Hausvater. Nun da du eine Bedienung bekömmst, wünschte ich, daß du dir eine Gattin, aussuchtest. Wenn sie vom Stande ist, so habe ich bey keiner nichts zu sagen, denn so eine wichtige Wahl soll gewiß allein von dir abhängen. Wüßtest du niemand?

Karl. (Betroffen, unruhig, und wie nur halb entschloßen.) Doch mein Vater; ich denke die Gräfinn Amaldi, eine Partie, wider die doch einmal kein Mensch in der Welt wird etwas einzuwenden wissen. Adel, Reichthum, Protection, alles was je Conventionen zur Bedürfniß gemacht haben.

Hausvater. Natürlich kann ich da nichts dawider haben, als gewöhnlicher Vater; aber als Freund
die

die einzige Bemerkung, ob dem stolzen Karl, die stolze Amaldi glücklich machen könne. Liebst du die Gräfinn Amaldi?

Karl. Ich schätze sie.

Hausvater. Und liebst sie nicht?

Karl. Man liebt nur einmal?

Hausvater. Und dieses einmal? doch der Freund muß so wenig als der Vater überlästig seyn.
(Eine kleine Pause.)

Karl, welchen Menschen hat in seiner Jugend die Liebe nicht zu Thorheiten verführt? Also, hast du vielleicht auch welche gut zu machen? vertraue es mir an. Ich merke du wirst bey dieser Unterhaltung immer unruhiger: vergiß den Vater, und denke in mir nur ganz den Freund. Sitzt vielleicht noch hie und da ein Mädchen, das deines Unterhalts bedarf. — — — Du wendst dich weg, — — willst mir nichts sagen? — — — ist dein Vater nicht werth dein Freund zu seyn? —

Karl. Doch mein Vater. Nun ja, ich habe ein Mädchen geliebt eines Mahlers Tochter, damit ich alles in einem sage, ein Engel unter ihrem Geschlecht. Ich liebe sie noch — — —

Hausvater. Das hätte ich ohne diesen Zusatz aus der Beschreibung vermuthet.

Karl.

Karl. Aber liebster Vater, ich will sie ja lassen, will sie meiden, mich standesmäßig verheurathen, alles dem Herzen zum Trotz, thun was sogenannte kalte Vernunft haben will.

Hausvater. Nenn es immer gute, gesunde Vernunft: denn, was sollte eigentlich aus all der Liebe herauskommen, als eines ehrlichen rechtschaffenen Bürgers Tochter verführen, um sie einst über kurz oder lang sitzen zu lassen. Denn heurathen dieser Art, so wenig ich mich auch an Conventionen fessle, sind doch immer schädlich.

Karl. Ich will ja alles, liebster Vater, will sie ja verlassen, will mich durch eine Heurath gegen alles sicher stellen, will sie, um meiner gewiß zu seyn, nimmer sehen.

Hausvater. Nicht doch mein Sohn. Du liebst das Mädchen, nicht wahr?

Karl. Wie ich sonst keine liebte, keine mehr lieben werde.

Hausvater. Nun wohl, zeig, was wahre Liebe vermag; Aufopferung seiner selbst. Willst du dich dabey mir überlassen?

Karl. Gern, sehr gern.

Hausvater. So folge meinem Rath, gehe hin in das Haus des Mädchens, weich nicht von ihr wie ein Meyneidiger, sondern zeig dich ihr als
Mann,

Mann, zeig ihr die Wohlthat, die du ihr erweisest, indem du sie nicht deiner Leidenschaft aufopferst, und wenn der Vater ein vernünftiger Mann, so zieh ihn selbst zur Hülfe.

Karl. Der Vater der beste, biederste Mann.

Hausvater. Desto beßer, du wirst ihn als ein rechtschaffner Mann behandeln, er muß dich dafür erkennen, dir Dank wissen, und dir helfen, die Thränen des schwächren Weibes zu trösten, ich will ihren künftigen Unterhalt, ihre Aussteuerung selbst besorgen. Geh mein Sohn, folge meinem Rath unverzüglich; Entschlüße dieser Art müßen unverzüglich unternommen werden, wenn sie zur Wirklichkeit gelangen sollen.

Karl. Gut mein Vater, ich will's; will's versuchen, ob ein warmes Herz die Vorschläge des kältern Verstandes auszuführen vermag.

(Geht ab.)

VI. Auftritt.

Indem kömmt Herr van Dromer herein.

Dromer. Ich hoffe doch nicht, daß ich ungelegen komme.

Hausvater. Ich habe freylich Beschäftigungen; aber was steht zu ihren Diensten.

Dromer.

Dromer. Es ist nur im Namen meines Freundes und aus Hochachtung und Ergebenheit für — —

Hausvater. Zur Sache mein lieber Baron, kurz und gut, was wollen sie?

Dromer. Der Graf Ferdinand.

Hausvater. Mein Sohn? Wo ist er? daß ich ihm seine Beförderung zur Majorsstelle ansagen könne.

Dromer. Ist er Major geworden? Nun da mache ich von Herzen mein unterthäniges Kompliment? es ist billig, daß die Söhne eines so würdigen vortreflichen Mannes — — —

Hausvater. Dank ihnen, dank ihnen Baron.

Dromer. O möchten sie doch bis in die späteste Jahre — — —

Hausvater. Sehr verbunden — — Aber was wollten sie mir dann sagen.

Dromer. Ja um wieder auf das zu kommen. Ihr Herr Sohn bedarf wohl ihres Beystandes, besonders itzt.

Hausvater. Habe ich den je einem meiner Kinder versagt, und warinn? geschwinde sagen sie.

Dromer. Ihr Herr Sohn hat Schulden.

Hausvater. Hat er sie mit Unehren gemacht?

Dromer. Behüte der Himmel.

Haus-

Hausvater. Nun so seyn sie versichert, daß, so lange ich einen Tropfen Bluts habe, mit dem ich meinen Kindern helfen kann, ich es gewiß thun werde.

Dromer. Auch hat er mir aufgetragen ——

Hausvater. Nichts weiter Herr Baron: sagen sie meinem Sohn, daß er seine Anliegen mir selbst sagen solle, und daß er, ohne ihnen Herr Baron zu nahe zu tretten, keinen größern und nachsehendern Freund und keinen sichern Freund als seinen Vater habe. Und itzt nehmen sie mir nicht übel, ich muß zu meiner Tochter.

Dromer. Also sie wollen seine Schulden zahlen?

Hausvater. Er soll nur kommen, und es wird sich zeigen. Haben sie vielleicht auch etwas zu fodern?

Dromer. Ja eine Kleinigkeit.

Hausvater. Ja so, nun seyn sie außer Sorgen.

Dromer. O davon ist nicht die Rede.

Hausvater. Ich empfehle mich.

Dromer. Unterthänigster Diener.

(Sie gehen von beyden Seiten ab.)

II.

II. Scene.
Die Bühne verändert sich in das Zimmer des Mahlers.

I. Auftritt.
Lottchen, sitzt auf einem Stuhl in trauriger Betäubung, als Anne herein kömmt. Lottchen springt ihr entgegen.

Lottchen. Hast du ihm den Brief gebracht? hast du ihn gesehen? was hat er dir mitgegeben? wird er kommen?

Anne. Geseh'n? ja das hab ich. Aber mitgegeben hat er mir nichts.

Lottchen. Nichts? Also ist es denn wahr, also hat er mich verlassen.!

Anne. Nur stille Lottchen, nur stille, sie lassen einen gar nicht zum Wort kommen. Er wird gleich selbst da seyn.

Lottchen. Er wird selbst daseyn? O warum hast du das mir nicht gleich anfangs gesagt? Ich soll ihn wieder sehen? soll ihn wieder haben.

Anne. Stille ihr Vater kömmt.

II. Auftritt.
Der Mahler tritt auf.

Ich war lang aus mein Kind nicht wahr?

Der

Lottchen. Ja. Aber sind sie doch itzt wieder da.

Der Mahler. Und bringe dir freudige Nachrichten die Menge.

Lottchen. Ja wohl Freude, Freude.

Der Mahler. Wie? weißt du es denn schon?

Lottchen. (Betroffen aus Furcht, daß sie sich möchte verrathen haben.) Nein Vater, aber ich sah es ihnen am Gesicht an.

Der Mahler. Nundann, so höre: für mein Gemählde habe ich das Geld bekommen, und

(Zu Anne, der er etwas Geld giebt.)

Da, nehme und besorge die Haushaltung.

(Anne nimmt das Geld, und während, daß der Mahler hingeht, Hut und Stok abzulegen, und seine Kappe holt, sagt.)

Anne. (Zu Lottchen.) Geben sie nur acht Lottchen, mit ihrer Freude, daß er es nicht merkt.

Lottchen. Geh nur, will schon, will schon, wenn ich kann.

(Anne geht.)

Mahler. Und denke nur, außerdem hat mir der Churfürst eine Pension gegeben, damit ich mich ruhig auf meine Kunst verwenden könne. O dank mit mir Gott, und hilf mir vor unsren beßten Churfürsten beten. Nun brauche ich nicht mehr um das Geld zu arbeiten, kann itzt ganz der Kunst, und dir meine Tochter leben.

Lottchen. O gewiß, wir werden einst noch recht glücklich seyn.

Mahler. Kann man anders, wenn man sein Auskommen hat, seinen Beruf nachgehen kann, und sich nichts vorzuwerfen hat. Nun noch zur Vollkommenheit meiner Freude, einen tüchtigen arbeitsamen Schwiegersohn.

III. Auftritt.
Indem tritt Karl herein.

Karl. Guten Tag, guten Tag meine Lieben.

Lottchen. (Ohne ein Wort zu sagen, verneigt sich.

Mahler. Ey, seyn sie mir gegrüßt Graf: huh, gut daß sie kommen: hören sie doch, der Churfürst hat mir eine Pension gegeben.

Karl. Bravo; das gleicht ihm wieder, dem Beschützer der Künste.

Mahler. Wie ich itzt mahlen will? Graf, wie ich itzt ganz meiner Kunst leben will — Raphaels Ideal — Bey Gott das ist mir noch zu wenig.

Karl. Wünschte ich doch unsren Herrn hier, der Anblick solch einer Freude, wäre reiche Belohnung seiner That, ein angenehmres Schauspiel, als se einer ihm bereiten kann.

Mahler.

Mahler. Wohl wahr. Aber warum hat mich der einzige Kunstliebhaber, mein einziger Kunst-Freund und Schüler 8 ganze Tage allein lassen, das war nicht recht.

Karl. Ich konnte nicht mein Bester, die Ankunft meines Vaters.

Mahler. Ist er angekommen? da wünsch ich Glück. Nun, da wird's ja nun bald mit ihrer Heurath vor sich geh'n.

Karl. (betroffen.) Was für einer Heurath?

Mahler. Nun; mit der Gräfinn Amaldi, die ganze Stadt ist davon voll, ihr Leute könnt ja nichts thun, ohne daß 100 Narren davon schwätzen.

Karl. (Noch mehr betroffen.) Sie irren sich, wirklich sie irren sich, ich weis nicht, wer ihnen das kann —

Mahler. Ja lieber Graf, wenn sie's nicht haben wollen, dann gewiß nicht — seyn sie glücklich mein Bester, das ist alles, was ich wünsche.

Karl. Dank mein Lieber, dank. Was macht aber die Kunst, was haben sie gearbeitet?

Mahler. O ich hab ihnen gar viel zu zeigen und zu sagen, warten sie nur einen Augenblick, und ich bin gleich wieder da. (Er geht in's Nebenzimmer. Wie der Mahler weg ist, springt Lottchen auf Karl zu, und umarmt ihn.)

Lott.

Lottchen. Karl, du bist lange ausgeblieben.

Karl. Wie ist dir meine Liebe?

Lottchen. Wohl und wehe, wehe und wohl! und habe ich dich doch wieder, (Indem sie ihm am Hals hängt.) und in dir alles, was Lotten kann glücklich machen.

Karl. Beßte Lotte! O wer kann ein Menschenherz haben, und da kaltherzig handeln.

Lottchen. Was sagst du?

Karl. Daß du ein Engel bist. (Sie sehen sich zärtlich an; nun kleines Stillschweigen.)

Lottchen. Und nun mein Lieber, dein Vater ist da, sagst du mir nichts von unser Verbindung, nichts freudiges?

Karl. Vor allen Mädchen, vor allem sey sicher, daß ich dich versorgen werde; dich gewiß nicht vergessen werde, niemand lieben werde als dich.

Lottchen. Wie! — Gott — was willst du?

Karl. Ja mein Vater ist gekommen, aber eben deßwegen nichts freudiges, man will — man will — ich soll, Unglück für mich und dich — ich muß Amaldi heurathen.

Lottchen. Gerechter GOtt! und ich, und das Kind, das ich unterm Herzen trage, und mein Vater —

Der Mahler tritt herein. Darauf geht Lottchen an einen Stuhl auf die Seite, weinend, der Mahler ganz beschäftigt
mit

mit seinem Gegenstand kommt ohne sonst etwas zu sehen, mit Zeichnungen in der Hand heraus.

Mahler. Hier Graf ist etwas, das ihnen gewiß gefällt.

Karl. (In Unruh.) Ist's doch von Ihnen.

Mahler. Pfui Graf, wollen die Künstler geschmeichelt seyn? setzen sie sich hier am Tisch.

> Sie setzen sich, der Mahler spricht im vollkommnen Feuer seines Gefühls, Karl aber sieht sich öfters während der Zeit unruhvoll um.

Mahler. Hören sie Graf: Die Künstler des Alterthums wußten so stark auf ihre Nation zu wirken: ich denke, wir könnten das auch, stellten wir Gegenstände vor, die jedem besonders angiengen. Es ist zum Beyspiel ein abscheuliches Ding, ein Kindermord! ich nach meinem Gefühl kenne nichts schröcklichers in der Natur.

Karl. (Ist während dem in der ersten Bewegung vom Stuhl aufgesprungen.)

Mahler. Was ist?

Karl. (Indem er sich wieder setzt um sich zu verstellen.) Ach gewiß, der Gedanke, daß die Mutter ihr anderes selbst, ihr mit Schmerzen getragenes, mit größern Schmerzen erzeugtes einziges Kind selbst würgen —

Mahler. Und daß unsere Gesetze daran schuld sind, das ist schröcklich; denn sehen sie, wäre nicht

Schan-

Schande, Bestraffung, Verachtung so einer Unglücklichen gefallen, wär all das nicht; vereinigten sich nicht
alle diese Gedanken, stürmten sie nicht auf die geschwäch-
te Nerven einer Gebährerinn, verrückten sie nicht ihr
Gehirn, welche Mutter würde ihr Kind tödten? Ha
Graf! ich möchte kein Fürst seyn, der mit diesen Ge-
setzen das Todesurtheil einer Kindesmörderinn unter-
schrieben, kein Diener seyn, der dazu gerathen hätte.
Ich sehe sie in der Zukunft, wie das Blut aller derer
Unglücklichen, wie's gegen unsre Gesetze um Rache
schreyt; und wäre ich Fürst, ich würde mir denken,
Daß bey dem Austritt aus diesem Leben, all die be-
kannte und unbekannte Mörderinnen und Ermordete
mir Verzweiflungsvoll entgegenkämen.

Karl. Hören sie auf mit ihrem Bild, seh'n
sie, wie sie ihre Tochter beunruhigen.

Mahler. Wohl ihr, daß sie gegen solche Sachen empfindsam ist, wohl ihr, daß sie's fühlt; kein
glattzüngiger Bube wird sie verführen, niemand dann
wird diese einzige von meinem Herzen reißen.

(Der Graf ist betäubt.)

Nun um zur Sache zu kommen; ich bächte, es
würde Vortheile haben, wenn unsre Kunst solche Gegenstände darstellte. Sehen sie Graf, ich hab hier die
Skizzen gemacht; hier ist das unglückliche Mädchen,
wie sie ihr einziges Kind würgt, merken sie da oben

in dem Strich da die Verzweiflung, die Raserey der Mutter, fühlen sie das Graf?

Karl. Ja unaussprechlich.

Mahler. Und nun diese zweite Zeichnung, do liegt sie nun, die Mutter, das ganze Bild des Unglücks, das todte Kind an ihre Brust gedrückt, das sie scheint nicht von sich lassen zu wollen, hier die Wache, die sie vor Gericht führen will, und dort verzweiflungsvoll der arme alte Vater, der seine Liebe seine einzige.

> Hier fällt Lottchen in Ohnmacht, der Mahler und Karl springen schreckenvoll auf, ruffen beyde, ach Lottchen, Lottchen! sie schleppen sie ins Nebenzimmer, der Graf kommt gleich wieder verzweiflungsvoll heraus, und ruft.

Karl. Anne Anne.

> Anne kömmt herein.

Anne. Was ist, was ist?

Karl. Geh hinein, sieh selbst.

> Sie lauft ins Zimmer, der Graf steht starr und unbeweglich, endlich hebt er so eine Zeichnung auf, er wirft sie schröckenvoll weg, und stürzt sich zum Zimmer hinaus.

Vier=

Vierter Akt.

I. Scene.
Des Mahlers Zimmer.

I. Auftritt.

Der Mahler sitzt an der Staffeley und mahlt. Anne kömmt herein.

Annie. Wo ist dann Lottchen? ist ihr wieder besser?

Mahler. Freylich, das hatte nichts zu sagen, sie hat so zarte Nerven.

Anne. Wo ist sie aber itzt.

Mahler. In der Franciskanerkirche, ich wollte doch du giengst ihr nach.

Anne. Gleich.

(Geht.)

(Man klopft an der Thür, der Mahler ruft herein)

II. Auftritt.

Darauf kömmt der Hausvater in das Zimmer.

Hausvater. Sind sie der Mahler Lebok?

Mahler. Ja mein Herr. Was steht zu ihren Diensten?

Hausvater. Ich bitte, bleiben sie bey ihrem Geschäfft.

Mah-

Mahler. (Setzt sich wieder zur Staffeley.) Wenn sie es erlauben, sonst werden die Farben trocken.

Hausvater. Ich habe von ihrer Kunst gehört, und möchte gern selbst Augenzeuge seyn.

Mahler. Da werden sie wenig seh'n: ich bin noch so weit entfernt vom Punkt, wo ich seyn möchte.

Hausvater. Das spricht für ihre Geschicklichkeit.

Mahler. In der That mein Herr, wie ich anfieng zu mahlen, war ich entzückt über meine Arbeiten, glaubte ich, daß niemand sie mir theuer genug bezahlen könne. Aber itzt sehe ich täglich mehr ein, daß ich nichts kann, daß derjenige, der Natur kennt, und sie zu genießen weis, meine Arbeit auch für einen Heller zu theuer bezahlt.

Hausvater. Heil dem Künstler, der Bescheidenheit — — —

Mahler. Nicht daß ich überzeugt wäre, ich könne auch einst das werden, was Raphael und Rubens waren. — — — Aber wirklich mein Herr ihr Weesen, hat mich wider meine Gewohnheit, gesprächig gemacht; mit wem habe ich die Ehre? — — —

Hausvater. Mein Herr ich wollte, daß sie in mir den Mann und nicht den Namen kennen lernten: übrigens bin ich Graf Wodmar.

Mah-

Mahler. Der Vater eines gewissen jungen Herrn, der bey mir zeichnen lernte, mein beßter guter Freund ist?

Hausvater. Der nämliche: ist der Junge würdig ihr Freund zu seyn?

Mahler. O es ist der biederste, deutsch gesinnteste Jüngling, Herr Graf, mein einziger Kunstfreund, vom wärmsten Gefühl.

Hausvater. Ich danke Ihnen für diese Zeugniß, das zu warm ist, als daß es Schmeicheley seyn sollte.

Mahler. Schmeicheley? Wozu die? wehe dem Mann, und besonders dem Künstler, der eines andern Empfehlungsmittel bedarf, als seine Werke.

Hausvater. Wohl gesagt, ehrlicher Mann. Ueberhaupt ist es ein herrliches Weesen um euch Künstler: wie viel müßen wir uns nicht bücken, wievieler Leute Laune und Eigensinn sind wir nicht ausgesetzt, bis man uns andre nur dazu kommen läßt, daß wir etwas thun dürfen. Ihr andre, braucht einige Ehlen Leinwand, und niemand kann euch hindern die Unsterblichkeit eines Raphaels zu erwerben.

Mahler. Auch wenn ich so dasitze, ich als ein anderer kleiner Schöpfer denke, daß ich einst mit meiner Kunst meinem Vaterland Ruhm erwerben kann. Herr nichts könnte mich dann bewegen, diesen Pinsel da, für die erste Krone der Welt hinzugeben.

Hausvater. Auch sind sie mit diesem Gefühl dann gewiß schäzbarer, als, ein mittelmäßiger König.

Mahler. Hoffe es auch.

Hausvater. Eine Gefälligkeit, die ich mir von ihnen ausbitte, kommen sie an einem dieser Tage zu mir zum Essen.

Mahler. Meine Aufwartung werde ich ihnen machen, aber vom Essen entschuldigen sie mich.

Hausvater. Warum das?

Mahler. Soll ich es ihnen sagen?

Hausvater. Gewiß.

Mahler. Seh'n sie, Wenn Herrn ihres Standes, einen Künstler einladen, so geschiehts gemeiniglich um Parade damit zu machen; und dann könnt ihr euch nie zu uns herunterlassen, macht es uns tummer fühlen, wie viel Gnade ihr uns angethan habt. Das ist nicht aus Stolz, daß ich das sage, wahrlich nicht, sondern aus selbst Gefühl. Will übrigens nicht sagen, Herr Graf, daß sie auch so sind, glaube auch fast das Gegentheil: aber die übrige in ihrem Hause, bis auf den Bedienten, der den Teller reicht!

Hausvater. Sie sollen hoffentlich mich und mein Haus besser kennen lernen.

Mah-

Mahler. Mit dem beßten Willen, dem heilsamsten Vorsatz können Leute ihres Standes sich oft nicht durch den Schwarm von Conventionen durchschlagen. Kurz, einem Mann, wie sie sind, wünsche ich das Glück, das ich wirklich genieße.

Hausvater. Also sind sie wirklich glücklich.

Mahler. Daß ich es als Künstler bin, wissen sie schon; nun Gott sey dank, in meinem Hause bin ich es noch mehr.

Verwalter. Sie haben eine Tochter?

Mahler. Ja Herr, mein größter Reichthum.

Hausvater. Das einzige Kind?

Mahler. Das einzige; ihre Geburt war meines Weibes Tod. Außer diesem Kind habe ich keinen Verwandten mehr; ich wüßte auch nicht, wo ich mehr Liebe für andere hernehmen sollte; sie enthält mein ganzes Weesen.

Hausvater. Wäre nur bey dem größten Glück Vater zu seyn, nicht so viel bittres mit unter.

Mahler. Laßen sie es immer seyn; Menschen-Leiden werden meistens trefflich belohnt.

Hausvater. Bis man so ein Mädchen für alle Gefahren der Verführung gesichert, bis man — —

Mahler. Herr Graf, dafür muß sie die Liebe zu mir, gute Grundsätze, ihr Herz — —

Haus-

Hausvater. Die beßte Herzen sind meistens die empfindsamsten; und Empfindsamkeit und jugendliches Blut — —

Mahler. Da mag sie Gott schützen, der ihr das alles gegeben hat. Nebendem, wir kennen keine elterliche Furcht, wir sind Freunde miteinander, ich wollte darauf wetten, sie würde mir ihre erste Liebe selbst vertrauen.

Hausvater. Mann, sie kennen sich beßer auf des Menschen äußre als innre Seite; über den Punkt ist kein Mädchen — — — oder vielleicht —

Mahler. Sonderbar Herr Graf, wie wir von der Mahlerey auf dieses Gespräch gekommen sind.

Hausvater. Weil wir aber dabey sind, lassen sie uns fortfahren. Wenn nun zum Beyspiel ein Mann von vornehmen Stand' käme, und verlangte ihre Tochter zur Ehe?

Mahler. Ich würde sie ihm abschlagen. Nicht, daß ich meine Tochter nicht eines Königs würdig hielte: sondren weil Ungleichheit der Stände, fast immer unglückliche Folgen hat: und Lottchen unglücklich zu wissen! Herr würde ich den Vornehmen sagen, wäre er vom gemeinen Schlage, euer Gold und eure Titteln machen mein Mädchen nicht glücklich: und wär der Vornehme ein guter Junge, ich würde darüber trauern, daß er so vornehm ist, aber ihm

mein

mein Mädchen nicht geben. Bey Gott, selbst ihrem Sohn gäbe ich sie nicht, — — — nicht daß ich mein Mädchen oder auch meinen Stand schlechter glaube —

Hausvater. Lebock!

Mahler. Versteh'n sie mich Recht, ich erkenne den Unterschied der Stände, aber innerlichen Werth kenne ich keinen in ihnen. Denn seh'n sie, wenn der Rücken sich für den Grafen beugt, so hat der Graf vor so manchen Schurken nichts voraus, dem ich das nämlich that; aber, wenn ich als Mann, dem, welchem ich wieder für einen Mann halte, diese Hand reiche.

Hausvater. Mir gieb, mir diese Hand, ich verdiene sie.

(Sie geben sich die Hände.)

Und nun bey diesem Druck — — —

(Eine kleine Pause.)

Wir sind also zween teutsche Männer?

Mahler. Ich denke so.

Hausvater. Wohl dann, wie Mann zu Mann. Mein Sohn liebt ihre Tochter; zwey junge Leute; vorgebeugt der Gefahr, oder ich und sie —

Mahler. Ha, Herr, wer meine Tochter entehren könnte, er sey Fürst oder Graf — — —

Hausvater. Noch wird es Zeit seyn — — —

Mahler. Gott welch ein schröckliches Licht vorher bey — —

III. Scene.

Indem stürzt Anne in das Zimmer.

Anne. Gott mein Lottchen, mein Lottchen, sie ist nicht in der Kirche, nirgends zu finden.

Mahler. Himmel und alle Heilige sollte sie?

(Er stürzt mit Anne zum Zimmer hinaus.)

Der Hausvater. Was ist? was ist?

(Auch nach.)

II. Scene.
Das Zimmer der Gräfinn Amaldi.
I. Auftritt.

Amaldi heftet den Schatten-Riß des Karls an die Tapete, indem drängt sich Lottchen zwischen einigen Bedienten herein.

Die Bediente. Sie will sich nicht abweisen lassen.

Amaldi. Schon gut, laßt sie nur.

(Die Bediente ab.)

Lottchen. (Fällt zu den Füßen der Amaldi.) Nein ich will mich nicht abweisen lassen, will hier liegen bleiben, bis sie mich erhören.

Amaldi. (Bestürzt.) Was will sie?

Lottchen. O geben sie ihn wieder; geben sie ihn wieder.

Amaldi.

Amaldi. Wer denn? was denn?

Lottchen. Ihn, ihn, der über alles ist, mein vor Himmel und Erde, mein.

Amaldi. Wer ist sie denn?

Lottchen. Nur ein Bürgermädchen, aber die glücklichste unter allen meines Geschlechts, wie ich ihn noch hatte, wie er noch mein war — — —

Amaldi. Wer sind denn ihre Eltern?

Lottchen. Mein Vater, ach Gott! mein Vater, er wird nach mich fragen? — es ist Gutmann, ein Maler, herrlicher Vater, — der arme Vater.

Amaldi. Des Malers Gutmanns Tochter?

Lottchen. Ja ich; der einst Karl gehörte, durch den heiligsten Schwur gehörte; sie haben mir ihn geraubt, geben sie mir ihn wieder, geben sie mir ihn wieder.

Amaldi. Bist du rasend?

Lottchen. O daß ich es wäre, daß alles das, was ist, nur mir so schien; o was möchte ich nicht alles seyn, um Karln nur nicht zu verlieren.

Amaldi. Warum forderst du ihn von mir?

Lottchen. Weil sie mir ihn entrissen haben. Das ist eine garstige That, einem das Leben rauben, ist wenig; aber rauben, was mehr als Leben, was alles ist — — —. O gnädige Frau, man sagt sie
wären

wären sonst so eine erhabne Frau: ist das auch groß, einen armen schwachen Mädchen — — —

Amaldi. Beruhige dich — — —

Lottchen. Ich, mich beruhigen? ehe ich noch weis. — — — O wenn sie je geliebt haben, — wenn sie es wissen — — — aber in ihrem Stand liebt man wohl nicht?

Amaldi. Laß mich Mädchen — steh auf — oder.

Lottchen. Laßen sie doch seh'n, was sie für Ansprüche auf Karln haben können: ob sie was vermögen gegen seine Schwüre, die der Himmel aufnahm, gegen das Klagen einer Verlaßenen, gegen das innere eines Geschöpfs, das ich hier unterm Herzen trage.

Lottchen bringt noch näher auf Amaldi loß, die ganz verwirrt und außer sich ist: sie reißt sich aber loß, läßt Lottchen da liegen, und eilt zum Zimmer hinaus. Lottchen bleibt eine Weile betäubt liegen, dann sieht sie um; bemerkt an der Wand Karls Schattenriß, sie fährt wild auf, reißt es loß.

Was machst du da?

(Drückt ihn ans Herz.)

Zu uns, da gehörst du her.

(Sie besieht es eine Weile.)

Ha treuloß, — — verlaßen — entehrt — —

(Küßt es, drückt es wieder an das Herz.
kann das Karl?

II.

II. Auftritt.

Der Hausvater tritt herein, sieht Lottchen, die sich betäubt auf einen Stuhl wirft, der Hausvater eilt auf sie zu.

Was fehlt ihr?

Lottchen. Alles mein Herr.

Hausvater. (Sieht seines Sohns Schattenriß, ruft erstaunt. Karl!

Lottchen. (Springt wild auf.) Wo ist er, kennt ihr ihn? — o wehe euch, daß ihr ihn kennt; — — Ach mein Herr, er wird sie verlaßen.

Hausvater. Des Mahlers Gutmanns Tochter?

Lottchen. Bin's, und bin Karls verlobte, und hergekommen, um ihn hier wieder zu fodern, hier hat man ihn mir geraubt.

Hausvater. Setz dich armes Mädchen. (Er bringt sie auf einen Stuhl.) deine Kräften erschöpfen sich.

Lottchen. Ach Herr, wenn sie ihn kennen; um Gottes Barmherzigkeit willen, schaffen sie mir ihn wieder?

Hausvater. Sey nur wieder ruhig, ich verspreche dir, du sollst ihn seh'n.

Lottchen. Soll ihn seh'n? — gewiß! — bist du ein Engel vom Himmel gesandt?

Haus.

Hausvater. Beruhige dich, ich bin gleich wieder bey dir. (Er geht in Amaldis Zimmer, Lottchen nimmt wieder Karls Schattenriß, sieht es an.

Soll dich wieder sehen?

Drückt es wieder an die Brust.

Karl! Karl!

Sie legt es hin, und stürzt sich mit dem Kopf auf dem Tisch, in einiger Betäubung: der Hausvater kömmt wieder heraus, er stellt sich vor sie betrachtungsvoll hin. Lottchen öffnet gleich wieder die Augen, und erblickt den Hausvater.

Haben sie ihn mitgebracht?

Hausvater. Nein, aber er soll kommen, bis dahin, nur ruhig — —

Lottchen. Warum das nicht? wenn ich Karln wiedersehn soll.

Hausvater. Glaubt sie mit Karln recht glücklich zu seyn?

Lottchen. O mein Herr, mit Karln biete ich der ganzen Welt troz, will diejenige seh'n, die glücklicher seyn soll.

Hausvater. Hat ihr Karl versprochen, sie zu heurathen?

Lottchen. Freylich hat ers, und Gott und seine heilige Engel hörtens und freuten sich über das liebende Paar; nur Menschen können so ein Glück hindern wollen.

Haus.

Hausvater. Aber wenn sie Karln liebt, weis sie denn auch, daß sie sein Unglück macht.

Lottchen. Nimmermehr, nimmermehr. In meinem Arm hat er sich oft so selig geglaubt.

Hausvater. Um mit der Zeit nur desto unglücklicher zu seyn.

Lottchen. O wenn ich das wüßte, — — ich wollte — — was wollte ich? — — ein Kloster — —

Hausvater. Hättest du? — —

Lottchen. Aber ich kann nicht — — darf nicht — — bin ich's allein? — O es ist auch nicht so — — wenn nur sein Vater nicht wäre — —

Hausvater. Sollte der nicht mehr seyn? —

Lottchen. Könnte ich nur den Vater seh'n — Karl sagt, es sey so ein guter, so ein lieber Vater, — — kann er doch nicht. — O nur einmal möchte ich ihn seh'n, möcht' — —

Hausvater. (Gerührt.) Hier ist er.

Lottchen. (Fällt vor ihn zusammen.) O Barmherzigkeit — o auch mein Vater — Gnade — hör mich, hör unter meinem Herzen die Stimme seines Kindes, auch deines — —

Hausvater. Gott du wärst also — —

III.

III. Auftritt.

Indem stürzt Sophie herein.

Mein Vater retten sie mich.

Hausvater. (*Reißt sich von Lottchen loß.*) Was ist?

Sophie. Retten sie mich vom Tyrannen.

Hausvater. Was willst du hier?

Sophie. O mein Vater, ich habe ihn besänftigen wollen — Habe — aber, das bracht ihn mehr auf, er hat mich von sich gestoßen — — und aus Furcht, bin ich von ihm entflohen, bin ihnen nach.

Hausvater. (*Mit gebrochner Stimme.*) Sind der Leiden bald genug! — Aber was kann ich hier, was soll ich — in einem fremden Hause? — Hast du noch deinen Wagen bey dir? —

Sophie. Ja mein Vater. —

Hausvater. Nun gut, so nimm diese da mit dir.

Sophie. Wer ist's?

Hausvater. Wirst es schon erfahren. (*Zu Lottchen,*) Geh mit dieser — —

Lottchen. Vater — was sie wollen — was sie wollen — ganz ihnen.

IV.

IV Auftritt.

Mahler, der hereinstürmt.

Wo ist mein Lottchen? wo ist mein Mädchen?

Lottchen. Ach Vater (fällt zusammen.)

Mahler. (Stürzt auf sie zu) Habe ich dich wieder — liebes Lottchen, — dein Vater, — dein unglücklicher Vater — — —

Sie bleibt noch betäubt; er aber fängt an sie fortzuschleppen.

Von euch soll sie weg, und wäre sie auch des Todes — — — euer Geschlecht, hat die Unschuld verführt.

Hausvater. (Tritt zum Mahler) Wo bleibt der Mann?

Mahler. Hieher geseh'n, und hier ist die Antwort.

Hausvater. Ruhig — ruhig — Gutmann.

Mahler. O, wer vermag das?

Hausvater. Meine Tochter da, soll Lottchen fortführen.

Sophie. Ist das meines Bruders Lottchen.

Mahler. Ihres Bruders? ha Fluch dem Bruder.

Lottchen. (Die zu sich gekommen war.) Um Gottes willen, nein.

Mahler. (Drückt sie an seine Brust.) Mein Lottchen, (nun läßt er sie los) aber wohin mit? (Sophie geht unterdessen zu ihr hin.)

Hausvater. In mein Haus.

Mahler. Was dort thun? um sie vielleicht von da aus ins Kloster zu schleppen.

Hausvater. Kennen sie mich denn gar nicht mehr? — Nein, weil es hie nächst an ist; fort mit ihr Sophie — — — (Sophie nimmt sie mit sich fort.)

Mahler. (Ihr nach.) Aus meinen Augen soll sie nicht mehr, und ich will den sehen. (Ab.)

Hausvater geht an die Kabinetsthür, aber die Kammerjungfer kömmt heraus.

Kammerjungfer. Meine Gräfinn läßt um Verzeihung bitten, aber sie sey zu bestürzt; so bald sie sich erholt hat, will sie selbst zu ihnen kommen. (Ab.)

Hausvater. Gut dann.

IV. Auftritt.

Herr von Dromer eiligst herein.

Ich suchte sie.

Hausvater. So eilig? schon wieder was Neues?

Hr. v. Dromer. Ich wollte, ich könnte der Ueberbringer angenehmer Nachrichten seyn: wer würde glücklicher als ich? — —

Haus.

Hausvater. O mein Herr, zur Sache, es ist nichts, wozu ich nicht gefaßt wäre.

Dromer. Nun dann, ich habe Graf Ferdinand nicht angetroffen.

Hausvater. Wo soll er dann seyn?

Dromer. Er ist in Arrest.

Hausvater (mit Heftigkeit.) Eines schlechten Streichs wegen?

Dromer. Nicht doch, behüte — wie sollte —

Hausvater. Zu meiner Ruhe, geschwind sagen sie mir, warum ist er in Arrest?

Dromer. Man sagt er habe vorige Nacht gespielt, alles verloren, und sey beträchtliche Summen schuldig geblieben.

Hausvater. Bloß leichtsinnig, also — — Gott — Dank dir!

Dromer. Er soll dabey seinen Dienst versäumt haben.

Hausvater. Pfuy — pfuy, gut daß sie ihn darum strafen, aber nur recht — nur recht.

Dromer. Auch sagt man, er habe beym Spiel Händel bekommen.

Hausvater. Immer die Folgen; — — un, er mag sie als Ehrenmann ausmachen.

Dromer. Und soll wirklich gefordert worden, aber nicht gekommen, und öffentlich beschimpft seyn.

Hausvater (heftig) Oeffentlich beschimpft seyn? Herr! der das sagt, sprach eine Lüge, die schwärzeste Lüge — — — Herr, ein Wodmar seyn, mein Sohn seyn — Wodmar, und ein Feiger — — das kann nicht seyn.

Dromer. Behaupt es auch; aber ein gewisser Mechrostfeld, der ihn foderte, sagt es selbst, sagt es laut.

Hausvater. Was soll ich erleben! Herr darauf, auf diese Nachricht war ich nicht gefaßt. Wo ist der, der es zu sagen vermag? Fort mit dem Sohn, wenn es ist — — aber den, der es zu sagen vermag, wehe ihn, so lange diese Faust einen Degen halten kann. Wo ist er?

(Zum Zimmer hinaus. Dromer ihn nach.)

Fünfter Akt.
In des Hausvaters Wohnung.
I. Auftritt.
Der Hausvater sitzt an einem Tisch, und macht einen Brief zu, wie Dromer herein kömmt.

Gut Baron, daß sie da sind.

Dromer. Was steht zu ihrem Befehl?

Hausvater. Beynahe hätten sie mich vorher aus meiner Fassung gebracht.

Dro-

Dromer. Sind sie itzt ruhig?

Hausvater. Ruhig nicht; aber gesetzter. Ruhig seyn? Gott weis, ob ich das je noch werde seyn können.

Dromer. Wir wollen das beßte hoffen.

Hausvater. Es ist viel für einen Mann zu ertragen: eine Tochter verunreinigt mit ihrem Gatten, der Trennung nahe; einen Sohn im äußersten Labyrinth, in dem je ein Jüngling durch Liebe geführt ward; einen andren Sohn, so viel als Tod, schlimmer als Tod, verunehrt, ein schlechter Kerl.

Dromer. Vielleicht ist alles das nicht so arg.

Hausvater. Will's wünschen, Gott innbrünstig dafür danken, wenn es nicht so ist: aber durch eitle Hofnung räumt man das gegenwärtige Uebel so wenig aus dem Weg, als durch leere Klagen. Dem Unglück standhaft entgegen geseh'n, und, so viel der arme Sterbliche anderst kann, sich einen Plan gemacht, nach welchem man ihm abhelfen will: das ist's allein, was dem Manne geziemt und frommet.

Dromer. Aber was wollen sie itzt thun?

Hausvater. Handeln, nicht die Hände im Schoß legen und wimmern. Wie sagen sie heißt der, welcher meinen Sohn soll gefodert haben?

Dromer. Nechrostfeld.

Hausvater. Sind sie zuverläßig benachrichtiget, daß er das vom Ferdinand sagt.

Dromer. Ich hört es aus seinem eignen Mund.

Hausvater. Ist er Soldat?

Dromet. Er trägt Uniform.

Hausvater. Nun dann, so seyn sie so gut, und als Edelmann bringen sie ihm diesen Brief.

Dromer. Was wollen sie thun?

II. Auftritt.

Ferdinand kömmt mit dem Adjutant in das Zimmer, der Adjutant hält Ferdinands Degen.

Ferdinand. (Fällt zu des Hausvaters Füssen.) O mein Vater!

Hausvater. (Stößt ihn zurück.) Nicht so genennt; ich bin keines Feigenkerls Vater.

Ferdinannd. (Springt schnell auf.) Wer darf das sagen?

Hausvater. Ich einem Burschen, der unbesonnen genug ist Händel anzufangen, und entehrt — —

Der Adjutant. Herr Graf, erst wie der Herr Hauptmann weg war, ließ ihn der Fremde fodern, auch der Hauptmann wollte sogar sich mit ihm schlagen, aber der Oberst verbot es ausdrücklich; man weis, das Nechrostfeld ein falscher Spieler ist, und die Uniform ursurpirt. Neben dem wissen sie, was in dergleichen Fällen, das für die Unterthanen sorgende Landesgesetze befiehlt.

Hausvater. Weis es, auch — —

Ferdinand. Meinen Degen her; Herr Adjutant ich bitte um meinen Degen, und laß ihn dann nicht

nicht mehr aus dieser Hand, bis ich den Verläum-
ber — — —

Hausvater. Ha, das sind Worte eines Wod-
mars, und

(Indem er ihm um den Hals fällt.)
hier auch wieder sein Vater.

Dromer. Gott lob', ich freue mich. — —

Ferdinand. Liebster Vater. — — Ihr Sohn
ist ihrer so unwürdig nicht. Aber was ist aus dem
Karl geworden?

Der Adjutant. Man hat ihn vorladen lassen, und er soll das Consilium abeundi bekommen.

Hausvater. Laß ihn laufen, mit Leuten dieser Art, hat man nichts zu thun.

(Zu Dromer.)
Geben sie mir meinen Brief wieder.

Dromer. Wie ich froh bin, daß die Sache
so geht!

Hausvater. Doch was hat der Kerl von
dir zu fodern?

Ferdinand. (Betroffen.) Drey tausend Gulden.

Hausvater. Schadet nichts, schadet nichts;
der Preis ist nicht zu theuer für welchen, wie ich hoffe,
du sollst vernünftiger geworden seyn.

Ferdinand. O gewiß will ich — — —

Adjutant. Er wird sich auch mit wenigen
abspeisen lassen.

Haus-

Hausvater. Nein. Er soll bis auf den letzten Heller bezahlt werden; ich will nicht die Nachrede eines solchen Kerls haben. Du hast auch noch mehr Schulden; ich hätte gewünscht, du hättest dich deinem Freund anvertrauet: doch wie es auch immer ist, mache mir ein Verzeichniß, ich will sie übernehmen.

Dromer. Seh'n sie, was sie für einen Vater haben.

Ferdinand. (Um den Hals seines Vaters.) Liebster, beßter Vater.

Hausvater. (Ihn in seinen Armen haltend.) Ich will ja gern für euch Kinder alles, alles thun, mein lezte Blutstropf sey für euch: so lange ich es nur im Stand bin; aber — — — doch wozu soll ich dir Vorwürfe machen; dieser Vorfall, und wenn du mich liebst, der Gedanke des Kummers, den du mir verursachtest, sollen, und werden dich hoffentlich künftig warnen.

Ferdinand. Seyn sie versichert, gewiß überzeugt — — —

Adjutant. Der Oberst hat vernommen, daß unser gnädigster Herr ihren Sohn eine Majorsstelle zugedacht hat, und ohneracht er ihn wegen der in nämlicher Nacht versäumten Runde den Arrest gegeben hat; so will er ihn aus Rücksicht gegen sie Herr Graf, davon befreyen, mithin.

(Er will ihm den Degen wieder geben.)

Hausvater. (Hält ihn zurück.)

Nicht

Nicht so Herr Adjutant, ich danke dem Herrn Obrist für seine Gesinnung, ich habe seine Schulden übernommen, aber die gegen den Dienst, mag er selbst abtragen. Sein Fehler ist bekannt, also muß es auch seine Bestrafung seyn. Mit der Majorsstelle hat es ohne dem einiges Bewenden in diesen Umständen: ich möchte der mir gegebenen Gnade meines Fürsten nicht gern mißbrauchen. Und Mißbrauch wäre es, wenn in dem Augenblick — —

Adjutant. Hr. Graf, wenn so etwas aufschlöße — —

Hausvater. Wie es auch ist, meine Kinder sollen keine andre Stufen, als ihr eignes Verdienst kennen, auf denen sie sich erheben. Also geh nur wieder mit dem Herrn Adjutant; die Majorsstelle sey der Preiß deines guten Betragens, und deines Diensteifers.

Ferdinand. Vater! — Aber ich will sie schon bald verdienen.

Hausvater. Geh, ich werde dich desto mehr lieben.

Adjutant. Gehorsamer Diener.

Hausvater. Ich empfehle mich, danke für die Mühe. Ferdinand komm wieder her.

(Er umarmt ihn herzlich.)

Nun geh, freut mich, daß du kein schlechter Kerl bist.

(Ferdinand und Adjutant ab.)

Dromer. Ich wünsche Glück.

Haus.

Hausvater. Wär alles so überstanden! Traurig, daß die Vorsicht neben dem Guten so unmittelbar das Böse gränzen läßt. Bey Ferdinand Lebhaftigkeit und Unbesonnenheit: bey Karln Empfindsamkeit und Verirrung. Ich wollte Karl wäre hier.

Dromer. Ich will ihn holen.

Hausvater. Baron sie sind zu gütig,

Dromer. Was wollen sie mit ihm.

Hausvater. Ihn an seine Pflichten erinnern, mehr steht nicht in meiner Macht; aber da kömmt er.

Dromer. Seh'n sie, wie betäubt.

Hausvater. So wünsch ich mir ihn, aber lassen sie uns allein,

III. Auftritt.

Karl ist tiefsinnig hereingekommen.

Hausvater. Du da mein Sohn? und so ruhig?

Karl. Warum nicht? Wenn der Entschluß einmal gefaßt ist — — —

Hausvater. Und dieser Entschluß wäre? (er setzt sich) Und

Karl. Ihnen mein Vater, und der Ehre alles aufopfern; das Mädchen verlassen, und mit Ainaldi eine Verbindniß, wider das die strengste —

Hausvater. Mir mein Sohn, sollst du nichts aufopfern.

Karl. Und doch ihnen am liebsten.

Hausvater. Weißt schon, daß wir Fremde im Hause haben?   Karl.

Karl. Nein, ich komme aus dem Garten, und bin auch zur menschlichen Gesellschaft nicht aufgelegt — —

Hausvater. Wozu die Leidenschaften dich nicht gemacht haben?

Karl. Wüst und öde, erschöpft vom unseligen Kampf zwischen Neigung und Pflicht. Entschlossen zwar, aber in diesem Entschluß so schwankend, — ach mein Vater, ich wollte das wäre alles geschehen, ich wollte, ich hätte Amaldi schon geheyrathet. Waren sie bey ihr, haben sie sie geseh'n?

Hausvater. Ja, und auch den Mahler Gutmann, und seine Tochter?

Karl (springt auf) Was? sie haben mein Lottchen geseh'n? — wie? — — nicht wahr, unter Menschen ein Engel? — — — und ihr Vater, welche ein ehrlicher, braver Mann?

Hausvater. Hast du dem Mädchen deinen Entschluß schon entdeckt?

Karl. Lieber Gott, ja.

Hausvater. Wie nahm sie es auf?

Karl. Wie höchster Grad der Liebe es nehmen kann? — — — Ach mein Vater, können sie mir es noch übel nehmen? — — — ist es nicht ein Engel? — — Was macht sie? — — was macht ihr Vater?

Hausvater. Was zwey der unglücklichsten Menschen machen können.

Karl. Unglücklichsten! — unglücklichsten! —

Haus-

Hausvater. Und durch dich dazu geworden. In eine Haushaltung, wo häusliches Glück selbst seinen Sitz genommen zu haben schien, schmeichelt sich ein Jüngling beym Vater ein, schläfert ein mit der ofnen Miene der Ergebenheit des Vaters Achtsamkeit; macht das zarte unschuldige Herz der Tochter durch seine glatte Worte empfindsam, lallt Töne von Unschuld und Redlichkeit vor, erschüttert sie durch seine Schwüre, genießt das unschuldige Schlachtopfer, seine Lüste, läßt dann das Mädchen sitzen, und macht zugleich ein Wesen unglücklich, ehe es noch das Tageslicht geseh'n.

Karl. Liebster Vater, hören sie auf — —

Hausvater. Nicht wahr, ein garstiges Bild, und doch nichts weiters, als dir den Spiegel vorgehalten. Noch nicht genug: das Beßte angenommen, daß das arme weibliche Geschöpf im Schmerzen der Gebährerinn, abgeschreckt von der Furcht für die Schande, das Kind nicht mordet; so kommt es iṫt in die Welt mit allen Gaben, allen Fähigkeiten, die meistens Kindern der Liebe eigen sind, ihm fehlt vielleicht nichts, als ein Name, und bey jedem Schritt dadurch aufgehalten, flucht es vielleicht dann bey jeder aufgehenden Sonne seinen Vater.

Karl. Hören sie auf, ich ertrag's nicht.

Hausvater. Während daß nun daß Mädchen ihrer Ehre, ihres Glücks, ihrer Freuden beraubt herumwankt, überall ein Fremdling, überall verspottet, verstoßen von Eltern und Verwandten, zum

Grabe

Grabe hinwelkt; oder mit dem Laster bekannt, vom reinesten Geschöpf durch diesen ersten Schritt zur niedrigsten Kreatur hinunter sinkt, und dann elend, ohne Hülfe, ohne Trost unter Martern stirbt.

Karl. Gott, meine Lotte! Aber was wollen sie, daß ich thun soll?

Hausvater. Deine Pflicht.

Karl. Versteh ich sie recht? oder was nennen sie Pflicht?

Hausvater. Einer unschuldig Verführten ihre Ehre, einem Kinde seinen Vater geben, und mit allem diesem als ehrlicher Mann sein Wort halten.

Karl. Ist es möglich, kömmt der Rath von ihnen? so willkommen meinen Herzen.

Hausvater. Er kömmt von mir, so wehe es mir auch thun muß. Ehe ich noch alles wußte, ehe ich deine Verbindungen, deine Schwüre wußte, sah ich die Sache für eine zu ersetzende Unbesonnenheit an, da sagte ich dir, gehe hin, entsage ihr. Aber itzt, da ich alles weis, sage ich, obschon mit beklemmten Herzen, gehe hin, nimm sie zum Weibe: Sein Stand hebt die Verbindlichkeiten des ehrlichen Mannes auf.

Karl. Was sagt ihr Vater dazu.

Hausvater. Der ehrliche Mann, er sträubte sich dagegen sehr, und mehr als ich; wohl kennend das gewöhnliche Ende solcher Verbindungen. Aber was vermochte er sonst zu thun, als einzuwilligen?

Karl. Also auch er? o wo solch eine Liebe zum Grunde liegt, da kann nichts ihr Gränzen setzen.

Haus-

Hausvater. Wollen's wünschen. Geh nur, in deiner Schwester Zimmer wirst du Vater und Tochter finden.

Karl. Hier im Hause, o mein Lotte. (Ab.)

IV. Auftritt.

Auf der andern Seite kömmt herein

Graf Monheim. Waren sie so gut zu überlegen, was ich ihnen vorgeschlagen habe?

Hausvater. Ueberlegt habe ich es nicht, denn dabey ist nichts zu überlegen; wenn zwey Geschöpfe die sich beständige Treue schwuren, die durch ein Kind dazu verpflichtet wären, das alles brechen wollen, was kann man da überlegen, und thun?

Graf Monheim. Auch ist mein Entschluß so fest, daß es bloß auf die Formalitäten ankömmt.

Hausvater (klingelt) Nunn denn

(Es kömmt ein Bedienter)

meine Tochter soll herunter kommen.

Wie der Bediente gehen will, ruft er ihm nach, und sagt ihm noch etwas leise.

Monheim. Die Bedingungen wegen des Unterhalts bleiben wie ich vorgeschlagen habe?

Hausvater. Wie sie wollen: ich nehme meine Tochter wieder zu mir, und da soll es ihr hoffentlich nicht an Unterhalt fehlen.

Monheim. Unterdessen ist es billig, daß das berichtigt werde.

Haus-

Hausvater. Ganz recht, schreiben sie selbsten hin, was ihnen beliebt.

Monheim. Es ist mit einigen Zeilen gescheh'n.
Er setzt sich an einem Tisch, und schreibt.

V. Auftritt.
Sophie kömmt.

Hausvater. Du kannst dir einbilden meine Tochter, warum ich dich habe rufen lassen.

Sophie. Ja, und in der Lage, sehe ich dem Augenblick mit Vergnügen entgegen.

Hausvater. Dieses Herzenleid kann mir also nicht erspart werden?

Sophie. Lieber alles, als mit ihm noch leben wollen.

Monheim (steht auf, und giebt das Papier dem Hausvater.) Hier ist es fertig.

Hausvater. Also beyde müßten jetzt einander entsagen — —, und Monheim bestimmt 2090 fl. Unterhalt. Seyd ihr das zufrieden.

Sophie. Ja vom Herzen.

Monheim. Gewiß.

Hausvater. Hilft also kein Zureden, keine Vernunft mehr.

Sophie. Liebster Vater.

Monheim. Mein Entschluß ist fest.

Hausvater. Nun, obschon ungern, ich will Uge darein. Geht hin um es zu unterschreiben.

(Sie unterschreiben.)

So

So weit wären wir, aber ein Punkt muß ausgemacht werden; bey wem bleibet euer einziges Kind?

Sophie.⎤   ⎧Ich bin Mutter.
            ⎬ zugleich ⎨
Monheim.⎦   ⎩Ich bin Vater.

Hausvater. Gut — beyde gleiche Rechte — aber eben deßwegen.

Sophie. Eher laß ich mir das Leben, als meine Kind nehmen.

Monheim. Der Sohn ist mein — und ich laß ihn nicht.

Hausvater. Seht ihr meine Kinder, der Umstand, er sollte euch lehren — — kurz sollte euch von eurem Vorhaben zurück gehen machen. Herzen, die sich so in einem Kinde begegnen sind sich eigentlich nicht feind, ist nur Mißverstand — —
(Er nimmt das Papier.)
Soll ich es wieder verreißen?

Monheim. Um alles in der Welt nicht.

Sophie. Nein, nein mein Vater.

Hausvater. Ja aber jenes muß doch bestimmt werden. Nun, soll das Kind selbst entscheiden? bey wem es bleiben will.

Sophie. Recht gern.

Monheim. Ich bin's zufrieden.
(Der Hausvater geht in ein Nebenzimmer.)

Monheim. Ich wünsche übrigens, daß sie recht gut leben möchten, ich scheide ohne Groll —

Sophie. Möchten, sie anderwärts ein Glück, das sie bey mir nicht finden konnten.
(Der Hausvater bringt den Knaben heraus.)
(Sophie lauft gleich auf das Kind loß, umarmt es.)

Nicht wahr, du bleibſt bey mir?'

Das Kind. Ja Mutter, liebe Mutter —
    Monheim hebt das Kind zärtlich in die Höhe.)
Willſt mich alſo verlaſſen Fritz?

Kind. Nein Papa, will bey dir bleiben.

Hausvater. Aber Fritz, die beyden gehen auf immer von einander, du mußt ſagen, bey wem du bleiben willſt.

Sophie. Nicht wahr, bey mir?

Monheim. Bey mir mein Kind?

Kind. Bey dem Vater, und der Mutter.

    Die Eltern ſehen weg. Der Hausvater
    beobachtet ſie; eine Pauſe; dann wieder.

Das Kind. Aber warum ſehen ſie ſo böſe aus? — — Papa und Mama waren ja ſonſt ſo gut....

    Bittend, und ſie an ihre Kleider ziehend.
Nicht weg dürfen — — beyde bey mir bleiben.
    Beyde wollen das Kind umarmen, ſie be-
    gegnen ſich, ſehen ſich gerührt an; dann
    fallen ſie ſich um den Hals.

Hausvater. Dank dir Natur, daß du mich nicht verließeſt.

Monheim. Willſt du verzeihen?

Sophie. Alles vergeßen.

    (Umarmen ſich wieder.)

Hausvater. (Hebt das Kind an ſie hinauf, es hält ſich an beyde.)

Wollt ihr euch noch trennen?

Sophie. Nein mein Vater.

Monheim. Auf ewig vereinigt durch dieſes Band.

Hausvater. Wiſcht ſich mit ſeinen Händen die Augen.

Kinder! das ſind ſüße Vater Thränen.

h   VI.

VI. Auftritt.

Der Mahler kömmt herein, in einem Arm Karl, im andren seine Tochter.

> Der Hausvater geht auf sie zu, nimmt Lottchen, und führt sie zu den übrigen.

Seht hier Karlens Gattinn, meine Tochter eure Schwester.

Lottchen. Werden sie mich nicht verstoßen?

Sophie. Verstoßen? die meinen Bruder so unendlich glücklich macht. (Umarmet sie.)

Der Hausvater. (Zu Monheim.) Sehen sie hier Herr Sohn, wir verbinden uns zu einer Familie, die Statt der Ahnen Rechtschaffenheit aufzuweisen hat.

Monheim geht auf Karln zu, umarmt ihn. Ich wünsche Glück, wünsche es mir auch, ich fange an zu muthmaßen, daß es auch Hausfreuden giebt.

Karl. Wie? ...
(Er redt mit Monheim fort.)

Der Hausvater. (Zum Mahler.) Also ich hoffe, uns verbunden zu sehen. Ich sollte ihnen hier von der Ehre sprechen, die ich — — doch ich muß dem Ausdruck des Vergnügens Platz geben.

Der Hausvater. Und denn glaube ich, daß sich die Rechtschaffne alle verwandt sind.

Dromer. Ich bin über das Ganze so erstaunt, so gerührt, daß ich noch gar nicht habe dazu kommen können, mein Kompliment — — —

Karl. Ihr Erstaunen, ihre Rührung war das schönste Kompliment, verderben sie es nicht — —

Monheim. Und das beßte Mittel wieder gut zu machen, was sie durch ihre Universalfreundschaft und Scherzhaftigkeit beynahe — — —

VII. Auftritt.

Amaldi kömmt herein.

Lottchen. (Thut einen Schrey.) Ach.

Amaldi. Dieser Schrecken ist der bitterste Vorwurf; aber weg mit ihm, ich komme selbst, um
(Zum Hausvater.)
Sie zu bitten, daß sie möchten das Vorurtheil der Natur weichen lassen.

Hausvater. Ich habe es schon getyan, sie sind vereint auf immer. Ich dachte ein ehrlicher Mann zu seyn, sey meines Sohns erste Pflicht.

Amaldi. Wohl gesagt würdiger Mann,
(Zu Lottchen.)
Wenn ich sie vorhin verließ, so war es Bestürzung, Unentschlossenheit; verzeihen sie mir.

Lottchen. Gnädige Frau!

Amaldi. Und um den Kummer, wieder gut zu machen, den ich ihnen verursachte, ich thue nichts gern halb, erlaube man mir die Aussteuer der Braut besorgen zu därfen.

Dromer. (Eilends ab.) O ich muß der erste seyn, der diese herrliche That dem ganzen Hof erzählet!

Mahler. Gnädige Gräfinn, ich gestehe ———
(Alle wollen sich bedanken.)

Amaldi. Keinen Dank, wo ich eigennützig bin, und Vergnügen suche, auch gehe ich. ——
Wahrlich in keinem Gesellschaftssaale, habe ich so viel vergnügte Gesichter geseh'n ——— mich so glücklich gefunden.
(Ab.)

Karl. Es bleibt dabey ein trefliches Weib.

Hausvater. Und nun hätte ich einen harten Tag überstanden, Dank dem Gott, der mir Kräfte dazu gab; ich habe dem drohenden Uebel in meinem Hauswesen vorgebauet; Gott gebe, daß ich es so erhalte.

Mahler. Nun, mahnt mich die Liebe zu meiner Tochter, sie noch an eins zu erinnern ———

Hausvater. Ja, unser Gutmann fürcht sich, wie er wohl recht hat, für die Folgen einer solchen ungleichen Ehe, wo nach den ersten Zeiten der Liebe, die Hinderniß, die Verschiedenheit.

Lottchen. Da bin ich sicher.

Karl. (Zeigt auf sein Herz.) Hier ist mein Bürge.

Hausvater. Doch ist allzugroße Zuversicht die Quelle all unsers Unglücks, ich denke euch dagegen sicher stellen; glaubt mir, flieht die Welt, in deren Conventionen ihr doch nicht mehr paßt; geht auf meine Güter, Karl du sollst sie besorgen, sie verwalten; du wirst einige hundert Unterthanen haben, mache nur zwey Familien davon glücklich, und du verdienst ein Monument.

Karl. Ihr Wille — — und dann an meiner Lotte Seite — — was thu ich nicht da.

Hausvater. Du sollst in Besitz meiner Güter kommen; es ist mir ohnedem lieb, daß ein Beyspiel, wie dieses, aus den Augen der Welt kömmt: es ist doch immer Zerrüttung bürgerlicher Ordnung, und gefährlich, wenn es zur Nachahmung reizt.

Monheim. Thorr, wo suchte ich sonst die Glückseligkeit — — wie irre. —

Sophie. Sie sollen sie hoffentlich bey mir finden.

Mahler. Und dann komme ich zuweilen zu meinen Kindern auf das Land, sehe sie glücklich in herrlichem Genuß reiner Natur.

Hausvater. Auch ich will kommen, wenn es meine Geschäfte erlauben, sonst aber, so lange ich Kräfte habe, hier bleiben, dem Staat und meinem Fürsten dienen.

Auch zum Dank für diesen Tag, höre es Himmel weih ich mein übriges Leben, meiner Familie, und dem Vaterlande.

Meine Belohnung? — — daß ihr mich liebt? — — und dann, wenn ich einst Tod bin, daß ein teutscher Biedermann an mein Grab vorbeygehe und sage, er war werth ein Baier zu seyn.

Die ganze Familie sammelt sich um den Hausvater, und je ohne Kompliment zu machen, fällt der Vorhang.